KB105655

지지
않는
　　하루

✝ 일러두기
  이 책의 외래어 표기 중 일부는 현지 발음에 가깝게 표기하였습니다.

두려움이라는 병을 이겨내면 선명해지는 것들

이화열 지음

지지
않는
　하루

앤의
서재

아름다운

친구들에게

어두워진 저녁, 거리에 크리스마스 장식이 반짝인다. 척박한 겨울일수록 전구 불빛이 더 따스하게 느껴진다.

지난 일 년, 암이라는 병 앞에 소환된 나의 일상과 생각을 기록했다. 선택의 여지가 없는 고통을 견디며 전구 불빛을 밝히는 기분으로 글을 썼다. 죽음의 위험 앞에서 던지는 질문에는 인생을 갈무리하는 면이 있다. 그건 죽음이 아니라 결국 삶에 던지는 질문이다.

기쁨은 나눌 수 있지만, 고통은 철저히 자신만의 몫이다. 항암제가 몸의 암세포와 싸우는 동안, 정신은 아픈 몸에서 살그머니 빠져나오곤 했다. 어쩔 수 없이 고통을 동반할 수밖에 없는 인간의 숙명을 알아차릴 때, 정신은 고통과 맞바꿀 수 있는 삶의 진정한 가치를 찾게 된다. 그것이 어쩌면 병, 그리고 고통이 주는 선물이다.

피아노 건반 소리가 음악으로 바뀌게 되듯 인생도 비슷한 측면이 있다. 귀를 기울이지 않으면 들을 수 없고, 섬세한 시선으로 관찰하지 않으면 보이지 않는다. 감수성은 일종의 악기 같아서 연주하는 법을 모르면 나무토막과 다름없다.

각자 즐거움을 연주하는 법을 배우지 않는다면 인간은 이 부조리한 삶의 희생자일 뿐이다. 유한한 삶에 대한 두려움, 실패에 대한 두려움, 고통에 대한 두려움, 타인의 시선에 대한 두려움. 이 모든 두려움이라는 병의 백신은 자신만의 즐거움을 연주하는 방법을 배우는 것이라는 생각을 한다.

보르헤스 시의 한 구절처럼 세월의 횡포를 음악과 속삭임, 그리고 상징으로 바꾸기 위해서…….

2021년 1월,
파리에서 이화열

contents

ㅇ

3.   두려움은 대부분
     두려움에 대한 상상에서 나온다

4. 멈추어라 순간이여,
   너 참 아름답구나

시간과 물로 흐르는 강을 보고
시간도 강임을 기억하라.
강처럼 우리도 사라지고
물처럼 우리의 얼굴도 스러짐을 알라.

깨어 있음은 또 하나의 꿈,
꿈꾸지 않는 꿈, 잠들지 않는 꿈이며
육신이 두려워하는 건
매일 밤 죽음처럼 찾아오는 꿈이라 생각하라.

인간이 살아온 일상,
그 유구한 세월의 상징을 보고
세월의 횡포를 음악과 속삭임,
그리고 상징으로 바꿔라.

죽음과 석양에서 찾아낸 꿈,
그 서글픈 황금은 시일지니,
가난하고 불멸하는 시일지니,
시는 여명과 석양처럼 다시 온다.

_ 호르헤 루이스 보르헤스, <시학Arte poética> 중

트라디시옹。

"10분에서 12분!"

빵집 마드모아젤이 씽긋 웃으며 말한다. 화덕에서 새 트라디시옹tradition 빵이 구워져 나올 때까지 남은 시간 이다.

"기다릴게."

계산대 한쪽에 비켜서서 퇴근길에 빵 사러 들어오는 손님들을 구경한다. 트라디시옹을 찾는 손님들은 빈 바 구니를 보고 할 수 없다는 듯 그냥 바게트를 산다. 그런 데 이 집 바게트는 미안한 말이지만 팍팍하고 버르장머 리 없는 맛이다.

사람들은 생각보다 먹고사는 일에 그다지 까다롭지

않다. 슈퍼마켓에서 바게트 사는 사람을 예로 들어보자. 비닐 포장 안에 들어 있는 바게트에 바삭거릴 이유가 없다는 것을 알 텐데 그냥 통조림 고르듯 담아간다. 고무줄처럼 질겅거리는 바게트와 잘 숙성되어 바싹하게 구워진 바게트의 차이에 의미를 두지 않는 건, 미각적 즐거움에 대한 포기이자 무관심이다.

동네 빵 가게의 성공 여부는 좋은 밀가루와 시간에 맞춰 바삭한 빵을 구워내는 생산 능력이 전부라고 해도 과언이 아니다. 이스트에 발효된 듯 얼굴이 빵빵한 튀니지 아저씨, 트라디시옹만큼은 정말 잘 만든다. 나에게 완벽한 트라디시옹은 빵 껍질이 바삭하고 반죽 숙성이 잘 돼서 폐포les alvéoles가 조밀하지 않고 적당한 숨구멍을 가진 부드럽고 촉촉한 빵이다. 살짝 눌러보면 감촉만으로도 알 수 있다.

빵 만드는 사람의 기분처럼 빵 가게 빵 맛은 매일 똑같은 맛이 아니다. 하지만 단골이라면 어쩔 수 없이 가끔은 망한 트라디시옹을 감수한다. 만약 매일 완벽한 빵을 산다면 완벽한 맛에 대한 경탄은 당연함과 식상함으로 바뀔 터이니.

드디어 뜨거운 빵이 담긴 바구니가 지하 화덕에서 올

라온다. 빵을 고르는 걸 보고 빵집 마드모아젤이 주인에게 귀띔한다.

"바싹 구워지고 날씬한 거로 줘. 안 그러면 화내."

"내가 화를 내는 게 아니라는 거 잘 알지?"

얼른 항의한다.

"맞아. 그녀의 남편이 화를 내."

모름지기 손님의 깐깐한 취향을 기억해주는 곳이 단골이다. 주인이 빵을 건네며 묻는다.

"참 넌 아이도 있니? 몇 살이야?"

"둘이야. 하나는 벌써 스무 살 넘었어."

가슴 안쪽이 풍선처럼 빵빵해진다. 주인이 거스름돈을 건네주다가 느닷없이 묻는다.

"근데 남편은 어떻게 만났어?"

"20년 넘은 연애담을 지금 이야기해달란 말이니?"

주인이 웃는다.

"여기서 만난 거야. 저기서 만난 거야?"

"여기, 파리 유학 와서. 그런데 하루에 한 가지씩만 물어봐."

주인은 뒤로 빵 사러 늘어선 손님들을 보더니, 고개를 끄덕이면서 인사를 건넨다.

다시 거리로 나온다. 건널목 신호를 기다리며 습관적으로 하늘을 쳐다본다. 세상에 마음까지 파랗게 물드는 색이 있다면 저녁 하늘색뿐이다.

타박타박 길을 걸으며 생각한다. 아주 넓은 창문으로 하늘이 보이는 시골집을 가졌으면 좋겠다. 한쪽 벽면을 책장으로 채우고, 다른 한쪽 벽면에는 내가 가진 오랜 음반들을 채우고 싶다. 아귀가 안 맞는 접시, 삐걱거리는 의자라도 상관없지. 근처에 송어 낚시 할 수 있는 호수가 있다면 좋겠다. 코발트색 하늘을 쳐다보며 걷다가 그런 꿈에 풍덩 빠지고 만다.

따스한 빵을 겨드랑이에 끼고 집으로 돌아가는 길은 일상에서 가장 고즈넉한 시간이다. 잡다한 일상의 번민도 이 순간 그저 걸친 옷가지에 불과하다. 어쩌면 행복은 무심한 아이처럼 그저 편안한 마음의 속성 같다.

빵을 쳐다보며 망설이다 결국 오늘도 빵 머리를 뜯고 만다. 야들야들한 빵 안쪽에서는 신기하게도 옛날 방앗간에서 갓 뽑은 가래떡 냄새가 난다. 뜨거운 속살을 파먹으면서 나는 이런저런 기억의 터널을 만든다.

집에 돌아오면, 올비는 내 손에 들린 구멍 뚫린 트라디시옹을 보고 영락없이 구박한다.

"누가 이렇게 구멍을 파먹으랬어? 잘라 먹으란 말이야."

선심 쓰듯 파먹힌 트라디시옹 한 귀퉁이를 올비에게 잘라준다.

"오늘은 진짜 더 맛있어. 얼른 먹어봐."

아날로그적인 사랑 。

시어머니한테 재봉틀을 빌려온다. 시어머니의 어머니가 쓰다 물려준 족히 60년도 넘은 재봉틀은 일 년에 한두 번 우리 집으로 외출 나오는데, 손바닥만 한 재봉틀 설명서가 따라서 온다. 반세기가 넘게 재봉틀을 졸졸 따라다니는 제품설명서를 볼 때마다 시어머니의 꼼꼼함에 감탄한다.

재봉틀에서 나오는 노란 전구 불빛 아래서 바느질하는 시간이 아늑하다. 대학 시절, 친구들과 어울려 다니다가 헛헛한 기분이 들면 부랴부랴 집으로 돌아와 옷을 만들었다. 몇 시간 재봉틀 페달을 밟고 나면 안에서 뭔가 뿌듯하게 채워지는 기분이 들었다. 나는 목수나 구두공들의 노동에 원초적인 즐거움이 있다고 믿는 편이다.

재봉틀이라는 기계는 옛날이나 지금이나 기능이 크게 다르지 않다. 또박또박 박히는 재봉틀 땀은 거짓말하는 법이 없다. 토라지거나 변덕스럽지 않고 묵묵하게 일정한 땀을 만든다. 태엽 감겨 폭딱거리는 메트로놈 소리, 잉크 테이프를 두들기는 타자기 소리, 수동 분쇄기에서 커피 갈리는 소리, 재봉틀이 작동하는 소리를 들으면 기분이 편안하다.

　　사랑도 전자적이거나 화학적인 사랑보다, 아날로그적인 사랑이라면 좋겠다. 불완전하고 따분하지만, 기계적인 연속성이 주는 신성함 같은 것.

　　시어머니 아를레트를 생각한다. 시어머니와 나 사이에는 특별한 살가움도 섭섭함도 없다. 살가움이 실이면 섭섭함이 바늘이라는 걸 아는 데 반세기가 걸렸다.

　　시어머니는 재봉틀질이나 다림질을 할 때 항상 라디오를 켜놓는다. 골동품 상점에서도 찾기 힘든 구형 라디오는 안테나 기능이 시원치 않아 주변에 누가 얼씬거릴 때마다 전파 방해를 받아 찌지직거린다. 세월과 함께 사물에도 소음이 생기는 건 어쩔 수 없다. 낡은 라디오를 볼 때마다 성능 좋은 라디오를 사주고 싶은 생각에 묻는다.

　　"생일선물로 새 라디오는 어떨까?"

그녀는 주저하는 표정으로 "글쎄다"라고 대꾸한다. 가는귀먹은 남편의 투덜거리는 소리를 적당히 무시하듯 라디오 소음을 걸러내는 능력도 생기나 보다. 만약 세월이 앗아가는 것들에 대한 대가로 사물과 존재의 불완전함을 수용하는 너그러움을 준다면 그건 꽤 공평한 거래 같다.

책 속에서 상상한 인물의 이미지를 그대로 간직하고 싶어서 원작으로 만든 영화 보기를 고집스럽게 거부하는 팔십육 세의 시어머니 아를레트, 오후가 되면 텔레비전 앞에서 고개를 떨구고 만 남편 옆 안락의자에 앉아 책장을 연다. 집안 유물인 커다란 괘종시계가 똑딱거린다. 조심스럽고 내성적인 그녀가 혼자 떠날 수 있는 유일한 여행이 독서다. 성능이 떨어지거나 고장 날 염려 없는 반영구적인 즐거움.

몇 년 전 봄날, 조르주브라상Georges-Brassens 공원 고서적 시장에 갔다가 호수 벤치에 앉아 있던 시부모님을 봤다. 구부린 등 뒤로 날아온 라일락 꽃잎, 외투 호주머니에서 꺼낸 책장을 넘기는 모습, 그리고 책 속에서 조용히 자신과 함께 늙은 외로움조차 잃어버리는 정적의 시간을 우연히 훔쳐본 적이 있다.

크레프 달인.

크레프 가게에서 일하는 사람들 빼고는 아마 내가 우리 동네에서 크레프를 제일 많이 부친 사람일 거라는 상상을 한다. 나는 7시 28분에 반죽을 만들기 시작해서 7시 32분에 초콜릿 크림을 바른 크레프를 접시에 올릴 수 있다. 우리 집 낡은 크레프 프라이팬은 쓰레기통에 들어갈 고비를 넘기고 나서, 이젠 버터가 없이도 반죽이 들러붙지 않는다.

프라이팬이나 사람이나 달인의 경지에 이르는 방법은 간단하다. 열심히, 자주 하면 된다. 따뜻하고 보드라운 크레프를 좋아하는 습성은 길러진다. 사랑도 그런 습성 중에 하나다.

프랑스 친구들은 내가 아침 식사로 크레프를 만든다

는 이야길 들으면 어김없이 '세상에 이런 일이……' 하는 표정을 짓는다. 크레프는 그냥 밀가루 반죽 부침이다. 이렇게 단순한 크레프의 성패를 미묘하게 좌우하는 건 반죽의 농도와 프라이팬의 온도다. 프라이팬이 뜨거워지면 버터를 조금 녹인 뒤 반죽을 얇게 편다.

내가 크레프의 진수를 맛본 건 브르타뉴Bretagne 북서쪽 캠페르Quimper라는 도시에서였다. 버터 향이 그윽하고 무수한 숨구멍을 가진 믿을 수 없을 정도로 아삭한 감촉의 크레프, 크리스털 설탕이 버터와 같이 반쯤 녹은 크레프를 순식간에 먹어 치우고 나면, 1960년산 샤토 마고 포도주처럼 뇌와 혀에 확실한 크레프 맛의 눈금이 생긴다.

내 크레프는 소박하다. 이상하게 첫 주걱은 프라이팬에 잘 들러붙는다. 만약 아이가 첫사랑의 슬픔에서 헤어나오지 못한다면 내가 해줄 수 있는 조언은 이런 것이다.

"첫 번째 크레프는 원래 프라이팬에 들러붙고 망치기 쉽단다."

하지만 아무리 재주 없는 사람이라도 반죽이 다 끝나기 전에 만족스러운 크레프 한 장은 구울 수 있다. 그리고 진심을 담아 크레프를 만든다면 세상에 누군가 한 사람 정도는 행복하게 만들어줄 수 있다.

크레프 한쪽이 구워지면 높이 뒤집어 프라이팬에 받아서 재빨리 초콜릿 크림을 얇게 바른 뒤 돌돌 말아 접시 위에 얹어놓고 바닐라 슈거를 조금 뿌려주면 끝이다. 이 정도로 효과적인 크레프를 만들 수 있다면 바칼로레아baccalauréat 날짜를 기억하지 못하거나, 혹은 프랑스어나 수학에 전혀 도움이 되지 않는 엄마라도 기죽을 필요가 없다.

가끔 누가 아이 둘을 프랑스 최고 고등학교나 그랑제콜Grandes écoles에 보낸 비결을 묻는다. 나는 주저하지 않고 이렇게 대답한다.

"잘할 수 있는 것으로 아이를 기쁘게 해주세요. 나는 진심으로 크레프를 만들었어요."

여행은 아는 것만큼 보인다지만。

남스페인 안달루시아Andalucía의 제일 큰 항구 도시 말라가Malaga에 간다. 레스토랑에 붙은 한국어 메뉴를 보고 놀랐는데, 가는 곳마다 한국 사람들이 어찌나 많은지 월미도에 왔나 착각이 들 정도다.

말라가에는 알카사바Alcazaba, 피카소미술관, 퐁피두센터가 있는데 이미 알람브라Alhambra 궁전을 본 사람들에게 알카사바는 김빠진 맥주잔을 억지로 끝내는 맛이고, 뮤제musée를 끼고 사는 파리지앵들에게 피카소미술관이나 퐁피두센터도 싱겁기는 매한가지다.

월요일이라 미술관은 문을 닫았고, 달리 할 일이 없어 올비에게 근처 해변 도시 마르베야Marbella에 가보는 게 어떠냐고 묻는다. 스페인에 오기 전부터 내가 마르베야에 가자고 할까 봐 올비가 몸을 단단히 사리고 있었다는 걸 알았지만 다른 대안이 없는지 순순히 그러자고 한다.

그런데 한 시간을 운전해서 우릴 데려간 곳은 엉뚱하게 산페드로San Pedro라는 동네의 허름한 골목이었다. 그는 차를 세우더니 이렇게 말했다.

"여기서 어디로 가야 하는지는 묻지 마. 왜냐하면 나도 잘 모르니까. 가이드 책에 마르베야가 지겨우면 이리로 도망오라는 글을 읽었을 뿐이야."

어리둥절 차에서 내려 골목을 훑어보며 혼자 중얼거린다.

"아니 이게 무슨 황당한 소리지? 그럼 마르베야에 가기도 전에 도망갈 생각부터 하고 우릴 이곳으로 데려왔다는 말이야?"

아무리 눈을 씻고 봐도 불볕더위에 허름한 주택가를 걸어야 할 이유를 찾을 수가 없다. 이 남자는 이런 엉뚱한 여행지 정보를 찾느라 여행 시간보다 더 긴 시간을 바친단 말인가?

올비는 의기양양하게 주차권 발행기를 가리켰다. 그는 낯선 곳에 도착하면, 일단 주차부터 한다. 장소에서 느끼는 매력이 지극히 주관적이긴 하지만, 공사로 파헤쳐진 주택가를 걷기 위해서는 나에게 좀 더 명백한 이유가 필요했다.

"여기서 뭘 본다고?"

올비는 내 말투를 파악했다. 아니다, 어쩌면 내 표정이었다.

"얘들아. 얼른 타고 떠나는 게 신상에 좋겠다."

차에 올라타 황당한 기분에 혼자 중얼거린다.

"아니. 대체 마르베야가 무슨 잘못을 했길래……."

동네를 빠져나와 교통체증으로 꽉 막힌 해안도로를 타고 지나쳐온 마르베야까지 돌아가는 데 시간이 걸렸다. 올비는 평소와 달리 '뭐 이 정도 교통체증쯤이야' 하는 표정을 짓고 있다. 하기야, 나도 이런 교통체증쯤은 아무것도 아니다.

내가 창밖을 보며 물었다.

"마르베야가 무슨 뜻이니?"

"아름다운 바다란 뜻이야."

현비가 말했다.

드디어 마르베야에 도착한다. 뽐내듯 꽃나무로 치장을 한 흰색 메종maison들이 즐비한 골목 풍경, 오렌지 나무, 아기자기한 상점들이 늘어선 구시가지, 마르베야는 프랑스 재경부 공무원에게 미움 받을 이유가 전혀 없는 안달루시아의 우아한 해변 도시였다.

낯선 도시를 여행한다는 건 일종의 만남이다. 타인을 통해서 자신을 발견하듯, 다른 세계의 풍경과 거리와 간판과 사람들을 보면서 내가 사는 세계와의 차이점을 발견하기도 한다.

얼굴도 보지 않고 마르베야를 퇴짜 놓은 올비, 풍경과 사진 찍기를 보이콧한다는 듯 호주머니에 손을 꽂고 걷는다. 영락없이 먹어보지 않고 음식 투정하는 표정이다. 고정 관념을 한 번 갖게 되면 그에 대한 나쁜 말들을 쉽게 믿게 된다. 여행은 아는 것만큼 보이지만 안다는 생각에 갇혀서 보이지 않기도 한다.

어떤 사람이 소크라테스에게 "아무개가 여행을 다녀왔지만 나아진 것이 별로 없습니다"라고 말하자, 소크라테스가 대답했다.

"여행하는 동안 줄곧 자기를 데리고 다닌 것이지."

소비되지 않고 키워지는 즐거움 。

곁장이 파란 노트 한 권, 연필 두 자루, 그리고 연필깎이와 대리석 테이블들, 이른 아침의 향기, 맺힌 땀, 그것을 닦기 위한 손수건 한 장, 그리고 행운. 이것이 내가 필요로 하는 모든 것들이었다.

- 어니스트 헤밍웨이,《헤밍웨이, 파리에서 보낸 7년》

K를 만나 맥주를 마시러 레알Les Halles에 있는 카페에 들어간다. 테라스 테이블 가운데 한 여자가 책을 읽고 있다. 빽빽한 의자 사이로 몸을 빼내면서 나도 모르게 책 제목을 읽으려 안간힘을 쓰는 걸 여자에게 들킨다. 내가 여자에게 변명하듯 말한다.

"누가 책을 읽는 걸 보면 책 제목 훔쳐보는 짓을 저항할 수가 없어요."

"나도 똑같아요."

여자가 산뜻한 웃음을 지으며 말한다. 사실 나는 고기 잡는 낚시꾼 옆을 지날 때도 무슨 고기를 낚았는지 궁금해서 그냥 지나가지 못한다. 그녀는 표지를 비쳐주며 말한다.

"이 책 정말 근사해요. 어린 시절을 묘사한 부분이 좀 힘들긴 하지만……, 꼭 읽어보세요."

여자의 중성적인 목소리가 마음에 든다. 책을 읽는 여자는 좀 위험하다.

K에게 연필깎이를 선물 받는다. 반듯하고, 정직하게 생긴 연필깎이다. 연장이나 도구는 유행 타거나 닳아 없어지지 않고 지속적인 즐거움을 준다는 면에서 최고의 선물이다. 잘 드는 칼과 멋진 도마가 요리의 즐거움을 주듯.

어렸을 적 집에서 굴러다니던 연필깎이는 형편없었다. 그 많은 연필심, 그래도 혹시나 하는 기대를 번번이 부러뜨렸다. 학교 가기 전날 쪼그리고 앉아 면도칼로 연필 몇 자루를 깎아 필통에 담아야 책가방 싸는 일이 끝났다. 손으로 깎은 연필은 심이 길어서 플라스틱 필통 속에서 잘 부러졌다. 학교에 가면 다른 친구 필통 속 가지런하게 깎인 연필이 부러웠다. 그 좌절 때문인지 지금도 상점에서 연필깎이를 보면 발길을 멈추게 된다.

아이들이 어렸을 적에 나는 항상 연필과 종이를 가지고 다녔다. 어디를 가든 아이들이 심심해하면, 연필과 종이를 꺼내줬다. 상상 속 그림을 그리는 방법을 한 번 익히면 악기를 연주하는 즐거움처럼 평생을 채운다. 소비되지 않고 키워지는 즐거움은 오래간다.

연필에 달린 지우개가 짧은 건, 지울 수 있는 실수라고 과장하지는 말아야 한다는 의미일 것이다. 백지 상태로 지워지는 연필 흔적도, 실수도 없다.

내 머리맡에는 항상 잘 깎인 뾰족한 연필이 있다. 나에게 좋은 작가는 연필로 밑줄을 긋는 짜릿한 기쁨을 선물하는 존재다.

남에게 예속되지 않는 일。

생라자르Saint-Lazare 역에서 현비와 버스를 탄다. 오르세Orsay 역에서 내려야 하는데 정류장 표시를 알아볼 수가 없다. 현비가 말했다.

"오르세까지는 다섯 정거장 남았어."

"뭐? 아닐 텐데……."

내가 정류장 안내판을 들여다보는데 앞에 앉은 은발의 노부인이 말했다.

"아들 말이 맞아요. 다섯 정거장."

녀석은 어깨를 으쓱하며 말했다.

"내가 남자거든."

며칠 전 들은, 남자들이 냉장고에 있는 버터는 못 찾지만 지도는 잘 본다는 이야기가 기억났나 보다. 은발의 노부인이 그 말을 듣더니 웃으며 말했다.

"조심해. 내일이 바로 여성의 날이야. 성차별이라면 지긋지긋하다고. 물론 여성과 남성의 지각 능력이 다르다는 걸 반론하는 건 아니야."

다소곳한 표정으로 노부인의 이야기에 귀를 기울이는 현비를 훔쳐본다.

살면서 남자나 여자나 퇴화하는 기능이 있다. 예를 들면 어렸을 적부터 나는 길눈이었다. 부모님은 초행길에 대여섯 살 먹은 나를 일부러 데리고 가셨다가 다음에 그 길을 찾을 때 나를 강아지처럼 앞세워 놓고 걸었다고 한다. 미국에서 어학 연수하던 시절, 나에게 즐거운 소일거리는 지도 위에 모르는 장소를 찍어 놓고 혼자 찾아가는 일이었다.

결혼한 뒤, 올비가 나보다 훨씬 탁월한 방향 감각을 갖고 있다는 걸 알고 천부적인 길 찾기 기능이 조금씩 퇴화했다. 스마트폰을 사용하면서 전화번호를 외우지 못하게 되는 현상과 비슷하다.

며칠 전 요리를 하다가 포도주를 따는데 코르크를 세 번이나 헛찔렀다. 포도주 병을 따는 일이 올비의 몫이긴

하지만, 집수리도 혼자 해치우는 내가 병 코르크 여는 일에 서툴다는 건 앞뒤가 맞지 않는다.

심각한 퇴행을 겪고 있기는 올비도 마찬가지다. 얼마 전 책장 선반이 책 무게를 견디지 못하고 미끄러졌다. 선반을 어떻게 고정해야 할지 난감해서 물어봤더니 다음 말을 남기고 슬그머니 사라진다.

"어, 그게 말이지. 특수 나사를 파는 곳이 있긴 있을 거야."

며칠 동안 남자는 서재 바닥에 쌓인 책들을 발로 넘어 다닌다. 고장 난 부엌문 손잡이를 3년이나 기다렸다가 결국 혼자 고친 경험을 되새겨 책장을 고친다. 드릴로 구멍을 뚫고 나사로 바깥에서 조여버렸다.

컴퓨터 딥러닝 시대를 산다 해도, 올비라는 기종은 이런 기능에 대한 학습 효과가 전혀 없다. 하지만 남자가 다림질하고, 여자가 집수리한다고 큰일이 생기지는 않는다. 남성스러움이나 여성스러움은 경계도 없고, 미덕도 아니다. 인생에서 제일 중요한 건 남에게 예속되지 않는 일이다. 혼자 할 줄 아는 일이 많을수록 자유로워지는 건 결혼의 지혜만이 아니다. 그래서 포도주 병마개를 따는 일 정도라면 그냥 남편에게 맡겨도 된다.

천당에 대한 견해 。

한 달 만에 다시 한국 출장이다. 같이 일하는 사람들의 동선 때문에 분당 호텔에 숙소를 잡는다. 천당 밑에 분당이라더니, 분당은 분당 사는 사람 빼고는 다 먼 곳이다.

바쁜 일정 때문에 일산 사는 어머니가 분당까지 먼 걸음을 한다. 저녁을 같이 먹고 노닥거리다 시간이 너무 늦어 호텔에서 주무시고 가시라 했더니 주저하신다. 외국에서 온 딸과 지내는 것도 좋지만 잠자리가 불편하신 모양이다. 그래봤자 기다려주는 사람 없는 독거노인의 덩그런 아파트일 뿐인데……. 주무시고 아침 뷔페를 같이 먹자고 했더니 마지못해 허락하셨다.

어머니는 집에서도 편안한 잠자리를 놔두고 항상 쪽 잠 자듯 거실 소파에서 잔다. 식사할 때도 누가 부르면 금방 뛰어나갈 사람처럼 쪼그리고 앉아서 먹는다. 80년 넘은 습관이 달라지지 않을 거라는 걸 알지만, 그런 모습을 볼 때마다 난 시어머니처럼 잔소리를 한다.

어머니의 인생이 그리 평탄치 않았던 이유가 수면과 식사 습관에서 오지 않았을까 생각한 적이 종종 있다. 느긋함은 어머니 시대에 쉽게 찾아볼 수 없는 덕목이었을 법도 하지만, 밑천이 없는 사람들이 초조함 때문에 도박에서 돈을 털리듯 조급함 때문에 어머니는 인생에서 많은 것을 잃었다.

어머니는 세속적인 절망을 하나님에 대한 믿음과 영광스럽게 바꾸었다. 신이 내준 천국의 약속은 어머니의 쓸쓸한 노년을 지켜주는 유일한 빛이다. 내가 묻는다.

"혹시 말이야. 사람 일은 정말 모르는 거니까 하는 말인데, 죽었는데 만약에 천당이 없으면 어떡해? 진지하게 생각해봐. 그런 일이 있을 수도 있는 거 아니야?"

어머니는 놀림당한 소녀처럼 웃는다. 뭐가 그리 우스운지 웃음을 멈추지 못한다. 문득 웃음소리에서 이런 의미를 읽는다.

'기대고 의지하는 것 말고 대체 내가 할 수 있는 게 무엇이 있겠니? 천당이 있든 없든 그게 정작 무슨 상관이

있겠냐 말이다.'

　나는 혼잣말처럼 중얼거린다.

　"내 말은 죽고 난 이후는 어차피 불확실한 거니까 그냥 불확실하게 남겨두고. 혹시 모르잖아, 이곳이 천국이었을지도……. 그러니까 후회 없이 확실하게 하자는 거지."

세상에서 제일 부러운 여자 。

　비행기 옆좌석에 앉은 프랑스 남녀, 어림 오십 살 뒤쪽
인 듯하다. 좌석에 앉자마자 남자가 뭐라고 귀에 대고 속
닥거리는데 여자가 웃는다. 한 자리 건너 앉은 남자 말소
리가 내 자리에서는 거의 들리지 않는다. 조금 뒤, 옆자
리에 앉은 여자는 남자의 이야기에 눈물까지 훔치며 웃
고 있다.

　잠깐 눈을 붙인 시간을 빼고, 열한 시간의 비행 시간
동안 남자는 소곤거리고 여자는 웃는다. 식사할 때도 폭
소 때문에 음식물이 튀어나올까 봐 냅킨을 입에 가져다
대야 했다. 뭐가 그리 웃음을 참을 수 없게 만드는지 궁
금해서 죽을 지경이다. 그들의 즐거운 대화에서 고립된
기분을 느끼며 비행기 창밖으로 시선을 돌리지만, 솔직

히 세상에 태어나 이런 질투를 느껴본 적은 처음이다.

착륙하고 나서 비행기가 서서히 플랫폼으로 들어가는 동안 나는 그녀에게 이렇게 간절히 묻고 싶었다.

'옆에 계신 분 남편은 아니죠? 제발 그렇다고 이야기해 주세요.'

세상에서 제일 부러운 여자는 남편의 농담에 눈물 흘리고 웃는 여자다. 20년 넘는 결혼 생활에서 가장 힘든 건, 진담인 줄 알고 화를 내는데 "넌 농담도 이해 못 해?"라는 말을 들을 때다. 난 이렇게 중얼거린다.

"농담이면 제발 날 웃겨줘. 유머 감각 없는 여자 취급하지 말고."

올비는 자기 유머는 블랙 유머고 그걸 이해하지 못하는 건 문화적인 차이라고 말하지만, 난 이 남자가 농담과 진담이라는 스위치를 즉흥 조작하는 것이 아닌가 하는 의심이 들 때가 많다. 아내가 화를 내면 스위치를 농담으로 얼른 올린다. 진담보다는 농담이 화를 끄는 데 수월하니까. 그런데 진담 같은 농담이 대체 무슨 농담이란 말인가?

저녁 식탁에서 올비가 카탈로그를 내민다.

"드디어 당신을 위한 생일 케이크를 찾았어."

카탈로그에 인쇄된 케이크는 무지개 색깔로 레이어를 쌓아 만든 케이크다. 대체 저런 색소 덩어리를 생일 케이크로 먹는 사람들이 있담? 농담인지 진담인지 조심스럽게 그의 얼굴을 살피면서 말한다.

"난 색소 덩어리 케이크를 먹을 의사가 없어."

"그 색소의 성분은 카탈로그에 나와 있어. 몸에 무해하다고."

농담이 아니었다는 걸 눈치채고 성가신 투로 대꾸한다.

"이 케이크가 맛있어 보이면 당신 생일에 사줄게."

"농담도 못 해?"

결국 농담을 이해 못 한 내 잘못이다. 이런 진담 같은 농담보다 정말 화가 나게 만드는 건 바로 '농담 같은 진담'이다. 결국은 화가 나게 되어 있다는 말이다. 이야기는 크리스마스로 거슬러 올라간다. 올비가 말했다.

"노엘 선물로 말이야. 문제의 어깨를 티타닌으로 바꾸는 것이 어때? 티타닌은 금속치고 무척 가볍대."

20년 이상 계속되는 노엘 선물 시리즈 농담에 그냥 코웃음을 치고 말았는데, 오십견에 이식수술을 하라는 말을 듣고 농담인가 하고 쳐다봤더니 올비는 수술비가 적힌 메모장을 건네주었다. 그 순간 어깨 티타닌 이식수술이 농담이 아니라 진지한 조언이었다는 것을 깨달았다.

"어깨가 좀 아프다고 티타늄으로 바꿔?"

"너 하고 싶은 대로 해!"

나도 소리친다.

"당연히 내 어깨를 내 마음대로 하지. 그럼 당신 말 듣고 어깨를 자르겠니?"

그 순간 10년 전 단비가 손목 깁스를 했을 때 어두워진 표정으로 "아무래도 코트 소매를 잘라야 하겠지?" 하고 물었던 일이 떠올랐다. 나도 안다. 올비가 자르고 절단하는 발상은 극단적이거나 엽기적이어서가 아니다. 단지 옷이 늘어나는 만큼 사고의 신축성이 없기 때문이다.

농담 같은 진담, 진담 같은 농담에 번번이 울화통이 터지지만 나는 확신한다. 그는 사랑하는 아내를 위해서 그 많은 도큐먼트를 분석하고 매일 유용한 정보를 제공해주는데, 고마워하기는커녕 불같이 화를 내는 포악한 아내와 20년 넘게 사는 자신을 기특하게 생각하리라는 걸.

행복한 상상 。

브르타뉴 바닷가에서 멀지 않은 보노Bono라는 마을에 간다. 한국으로 부쳐야 하는 편지 때문에 마을 광장에서 우체국을 찾는다. 광장 한쪽에 숨어 있는 우체국 출입문에 작은 팻말로 '초인종을 누르세요'라는 문구가 붙어 있다. 공공기관이 아니라 누가 사는 집에 들어가는 기분이다.

거실만 한 우체국, 창구에 마드모아젤이 혼자 앉아 있다. 어차피 창구는 너무 작아 두 사람이 앉을 수 없다. 마드모아젤이라고 하지만 그건 내 느낌일 뿐, 은색 머리카락을 보면 나이가 훨씬 더 든 마담일 수도 있다.

창구에는 멋지게 차려 입은 마담이 소포를 찾고 있다. 성당 의자 같은 나무 의자에 걸터앉아 차례를 기다린다.

그때 마담 핸드백에서 전화벨이 울린다. 마담은 핸드폰을 꺼내며 미안한 듯 직원에게 말한다.

"며느리야, 이 전화는 꼭 받아야 해."

창구 마드모아젤이 고개를 끄덕인다. 파리 우체국 창구에서 핸드폰을 꺼냈다가는 미개인 취급을 받는데 여기 다른 모양이다. 마담이 까르르 웃는다.

"얘. 내가 지금 우체국이다. 5분 있다 전화하마."

초인종 소리가 들리더니 한 노인이 들어온다. 바닷가 햇볕에 그을린 듯한 건강한 구릿빛 피부색을 가진 노인은 나에게 지그시 눈을 맞추며 인사한다.

"봉~주~르!"

기분 좋게 음절이 늘어진 한마디 인사가 서두름에 익숙한 나에게 느긋함의 품위를 가르쳐준다. 창구 마드모아젤이 소포를 찾아 마담에게 건네며 말한다.

"조심해요. 박스가 커요."

상자에는 '방트 프리베Vente privée'라는 스티커가 붙어 있다. 마담이 소포를 들고 문쪽으로 다가가자 노인이 문을 열어준다. 마담은 상자를 든 채 뒤를 돌아보며 말한다.

"이 안에 뭐가 들어 있는지 알면 놀랄걸요."

우체국 안에 있는 세 사람이 일제히 그녀를 쳐다본다.

그녀가 상자를 살랑살랑 흔든다.

"파스타라고요."

창구 마드모아젤이 나를 쳐다보며 말한다.

"파스타라니!"

내가 맞장구를 치며 대꾸한다.

"그러게요. 참 독창적이네요."

"맞아요. 독창적이에요."

그녀는 단어가 아주 마음에 든 듯 '독창적' 음절에 힘을 준다. 내가 편지를 건네주며 말한다.

"남한으로 갑니다."

그녀는 갑자기 당황한 듯 마우스를 클릭한다.

"남한이라고요? 없어요. 다른 이름은 없나요?"

브르타뉴에 보노라는 작은 마을이 생긴 이래 한국으로 가는 우편물은 처음인 모양이다.

"그럼 리퍼블릭 오브 코리아를 찾아보세요."

그녀는 안도의 한숨을 쉬며 말한다.

"찾았어요. 어떻게 보낼까요?"

속달 우편으로 부치려다가 그냥 보통 우편으로 한다. 작은 마을 우체국에서 부치는 편지는 그래야 할 것 같다.

"좋은 하루 보내세요!"

그녀의 인상에 뭔가 다른 것이 있는데 생각이 잡히지 않는다. 내 뒤에서 차례를 기다리던 노인이 창구로 다가선다. 삼촌과 조카처럼 친근하게 주고받는 인사를 들으며 우체국을 나가다가 퍼뜩 떠올랐다. 그녀의 인상에는 파리 우체국 창구 직원들이 사람을 대할 때 느껴지는 기계적인 덤덤함이 빠져 있다. 인간적인 표정과 생기 있는 말투가 대도시에서 짐짝 취급 받고 사는 데 익숙한 나에게 생소했다.

우체국 계단을 내려오면서 마을을 둘러본다. 신발 상자보다 조금 큰 버스 정류장, 오래된 포구, 삐꺽거리는 나무다리 밑으로 바다와 맞닿는 강물이 흐르는 곳. 동네 사람들 이름을 기억해주는 조그만 우체국이 있는 마을에서 노년을 보내는 상상은 잔잔한 기쁨을 준다. 마음에 찍힌 여행지 풍경에는 항상 행복한 상상이 조금씩 담긴다.

이런 순간을 상상해본 적이 있다。

몇 년 전 여름, 보르도Bordeaux 근처에 있는 바닷가에서 파도에 휩쓸린 적이 있다. 대서양 파도가 어찌나 거셌던지 눈 깜짝할 사이, 저항할 틈도 없이 휘몰아쳤다. 내 몸은 물에 젖은 종잇장 같았다. 의지에서 완전히 벗어나 바닷가에 팽개쳐진 몸을 일으키면서 알 수 없는 수치심을 느꼈다.

일요일 아침, 갑작스러운 복통이 순식간에 나를 쓰러뜨린다. 장이 끊어질 것 같은 고통을 느끼는 중에도 내 의지는 너무 이른 아침이니 가족을 깨우지 말라고 비명 지르는 몸을 타이른다. 요행처럼 고통이 지나가길 바랐다. 한 시간 뒤 구급차에서 의식을 잃는다. 페르시Percy 군 병원에 입원한 다음 날은 고통이 어느 정도 잠잠해진

뒤였다.

　인턴처럼 보이는 젊은 의사가 병실로 찾아와 나를 앉혀놓고 이런저런 질문을 한다. 형사에게 범죄 이력을 취조당하는 기분이다. 내 몸은 대체 무슨 죄를 지은 걸까? 평소에 술을 마시느냐는 질문에 그렇다고 대답했더니 집요하게 무슨 술을 마시느냐고 묻는다. 얼떨결에 지난주 기억을 떠올리며 샴페인이라 했더니 그대로 받아 적는다. 나는 샴페인도 마신다는 말이었는데…….

　늦은 오후, 내시경 검사가 끝나고 병실로 올라온다. 의사가 병실로 찾아온 건 그 뒤로 몇 시간이 지났을 즈음이었다. 육십에 가까운 부드러운 인상의 의사가 의자를 당겨 침대 가까이 앉으며 악수를 청한다.

　"마담 르그랑, 좋은 뉴스와 나쁜 뉴스가 있어요. 직장 입구 종양 때문에 내시경을 할 수 없었어요."

　전날 장을 비우기 위해 2리터가 넘는 용액을 들이마셨던 끔찍한 고통이 헛수고였다는 억울함 때문에 '종양'이라는 단어가 나중에야 들렸다. 의사는 조심스럽게 내 눈을 살피면서 말했다.

　"그리고 마담 르그랑. 불행히 종양이 암이 아니라고 확신할 수 없습니다."

그의 입에서 발음된 '암'이라는 단어는 갑자기 외계에서 지구로 떨어진 운석처럼 생소하다. 내가 아는 '암'이 아니라, 나와 걸맞지 않은 청승맞고 음흉한 계획처럼 들린다.

　"빨리 절제수술을 받아야 합니다."

　내 표정을 관찰하는 의사 눈빛에서 암 조직검사 판정만 기다리고 있다는 걸 눈치챈다. 의사는 장폐색을 일으킨 장염 때문에, 절제수술 이전에 장염치료가 시급하다는 설명을 한다. 장폐색, 종양, 장염…… 불과 5분 전만 해도 나와 전혀 상관없었던 단어들이 쏟아진다. 나를 쳐다보는 의사한테 예의 갖춘 미소를 지어 보이려는데 안면 근육이 일그러지고 만다.

　"받아들여야지요."

　머릿속에서 고른 문장이 힘없이 튀어나왔다.

　의사가 물었다.

　"마담 르그랑은 무슨 일을 하나요?"

　"디자이너고 글도 씁니다."

　"그럼 내가 당신에게 좋은 책의 주제를 준 겁니다."

　의사가 나가고 병실 침상에 우두커니 앉아 창밖으로 보이는 하늘을 쳐다본다. 느닷없이 운명의 심판장으로 끌려 나왔다. 세상과 아득하게 멀어지는 기분이다.

살면서 이런 순간을 상상해본 적이 있다. 사랑하는 사람들의 얼굴이 떠오르고 미치도록 슬플 것 같았다. 그런데, 지금 나는 그들에게서조차 멀리 떨어져 있다. 병실 넓은 창으로 보이는 하늘, 어쩌면 죽음에 이를 수도 있는 병, 그리고 오롯이 나뿐이다. 완벽한 개별자로서의 나, 그것을 또렷하게 대면한다.

한참을 그렇게 앉아 있다. 마음이 잠잠하다. 비극적일 이유는 없다. 누구에게든 일어날 수 있는 일이 지금 방금 나에게 일어난 것뿐이다.

죽음을 떠올린 순간

머릿속에 스치는 생각이

결국 당신이다

2.

사랑에 빠졌을 때와 병에 걸렸을 때。

병실을 같이 쓰는 옆 침대 마담 고몽은 좀 특별하다. 만약 이곳이 감옥이라면 장기수 같다. 간호사를 대하는 태도뿐 아니라 병원의 세세한 규칙을 샅샅이 꿰고 있다.

어제 의사가 병실에 들어왔을 때, 그녀는 눈치를 챈 듯 복도를 한 바퀴 돌고 오겠노라며 자리를 비워주었다. 한참 뒤 그녀는 발에 쇠고랑을 찬 사형수처럼 몸을 질질 끌며 돌아와서는 내 표정을 읽었는지 물었다.

"뉴스가 좀 그랬나요?"

"좋은 뉴스와 나쁜 뉴스가 있다고 했는데. 참, 그러고 보니 좋은 뉴스가 전혀 기억이 나질 않아요."

마담 고몽은 오늘 아침 나에게 심부전증, 폐암, 장폐색 등 자신의 병력을 이야기해주다가 갑자기 가슴을 열어

54

여기저기 난 수술 흉터들을 보여주었다. 병마의 전쟁터에서 살아나온 기적의 훈장이라도 되는 것처럼.

내가 조심스럽게 묻는다.

"죽음이 두려웠나요?"

"인간은 모두 한 번 죽어요. 그렇지 않은 사람은 아직 한 명도 없었고요. 그런데 당신도 알겠지만 죽음보다 더 끔찍한 고통이 있어요. 하지만 결국 그 고통도 지나가요. 나는 고통스러운 순간이 올 때마다 이상하게 아픈 건 내 분신이지 내가 아니란 생각이 들었어요."

그녀가 퇴직하고 처음 심부전증을 발견했을 때, 국가 원수를 치료해주는 발드그라스Val-de Grace 병원으로 들어갔다는 말에 내가 깜짝 놀라 묻는다.

"그런 병원에 우리 같은 일반인이 들어갈 수 있단 말인가요?"

"48년 동안 꼬박꼬박 세금을 냈는데, 나도 그럴만한 자격이 있는 거 아닌가요?"

그녀가 웃는다. 호탕한 전사의 웃음이다. 프랑스어로 '치유하다guérir'는 '전쟁guerre', '전사guerrier'와 같은 어원이다.

발레리와 무니아가 늦은 오후 병실에 찾아왔다. 발레

리는 긴장하면 화장실을 자주 가고, 같은 말을 몇 번이고 반복한다.

"사람 일은 모르는 거야. 나라고 빵을 사러 가다 교통사고로 죽지 말라는 법은 없거든."

인간은 타인의 잠재적 불행이 항상 자기 것이 될 수 있다고 두려워한다. 그리고 '사람들은 누구나 죽는다'와 같은 문장을 찾아내 자신의 두려움을 진정시키려고 한다. 나는 희망도, 절망도 하지 않는다. 무조건적인 희망은 실망이 두렵기 때문이고, 절망은 체질이 아니다.

이런 순간 나에게 가장 큰 위안이 되는 건 몽테뉴의 책과 음악이다. 말러의 마지막 작품이었던 심포니 5번을 듣는다. 죽음에 이를 수밖에 없는 인간의 비극을 아름다움의 극치로 끌어올린다.

4악장 심포니의 현악기 음률이 모든 세포에 스민다. 이런 감미로움을 이탈리아인들은 '모르비도morbido'라고 했다. 프랑스어로 '모르비디테morbidité'는 병적인 상태를 의미한다. 문득 사랑에 빠졌을 때와 병에 걸렸을 때 공통점이 있다는 것을 깨닫는다. 음악은 아주 생생한 파장으로 내가 살아 있다는 것을 느끼게 해준다.

내가 예외일 이유는 어디에도 없다 。

예정대로라면 쾰른Köln 아트페어 근처 풀만 호텔에 누워 있어야 하는데, 내가 누운 곳은 집에서 8킬로미터 떨어진 페르시 군 병원이다. 출장 일정을 모두 취소한다. 일정과 계획은 항상 무산될 가능성이 있다. 이런 불확실성에 대비해 보험을 든다. 하지만 틀어진 인생은 보험 환급 항목에 없다.

존재의 불확실성에 대한 불안은 신으로부터 위안을 얻을 수도 있다. 하지만 나는 신을 믿지 않는다. 병원 침대에 누우면 하늘만 보인다. 조금만 고개를 내려봐도 그 밑이 보일 텐데, 병원에 도착한 뒤 하늘만 쳐다본다. 병을 고치기 위해서 작동하는 기계 소리가 요란하다. 옆 침대 마담 고몽도 잠을 뒤척인다.

베를린Berlin에 사는 친구가 전화를 한다.

"서럽지 않아?"

친구가 불쑥 물었다.

"뭐가?"

"난 그러고 있으면 서러울 것 같아."

20대 초반 운전을 배울 때 겁이 나면 이렇게 혼자 중얼거렸다. "개나 소나 하는 운전인데, 나라고?" 암이라는 병도 마찬가지다. 설마라고 생각했지만 결국 암에 걸린 수많은 사람들 중 한 사람이다. 유감스럽지만 내가 예외일 이유는 어디에도 없다.

서러움은 자신을 가엽게 여기는 슬픔, 연민이리라. 나는 슬픔에 익숙하지 않다. 지금 내가 서 있는 줄에서 내 의지로 할 수 있는 건 아무것도 없다. 인생이라는 공장, 삶이라는 노곤하고 달콤한 노동, 이 공장은 언제고 멈출 수 있다. 나는 지금 어디로 가고 있을까? 그걸 말해줄 수 있는 존재도 없다. 정해진 운명이 있다고 믿지 않는다. 아무도 점칠 수 없는 무수한 가능성은 누구에게나 매 순간 펼쳐진다.

이런 불확실한 상황에서 단 한 가지 확실한 건 두려움을 거부하는 명료한 의식이다. 병원에 들어오기 전에 적어 놓은 메모를 우연히 발견한다.

'정말이다. 죽을 수도 있다고 생각하는 순간 머릿속에 스치는 생각이 결국 당신이다.'

모베즈 에투왈。

　나는 예감이 잘 맞는 편이다. 한 달 전, 허리를 잘못 삐끗해 접골사에게 갔다. 그는 감쪽같이 틀어진 등을 제 위치로 만져놓은 뒤 이렇게 말했다.

　"마담 르그랑, 당신의 문제는 등이 아니에요. 뱃속에 어떤 문제가 있기 때문에 그걸 보호하려고 등에서 무리한 힘을 가한 겁니다."

　"혹시 암이 아닐까요?"

　나도 모르게 불쑥 나온 말이다. 그는 나를 빤히 쳐다보더니 이렇게 말했다.

　"당신은 암에 걸린 사람 혈색도 피부도 아닙니다."

　접골사의 추측은 결국 반만 맞은 셈이다. 모든 사고가 갑작스럽지만, 꼭 그런 것만은 아니다. 나는 병과 숨바

꼭질을 했던 것 같다. 예감이라고 하지만 몸이 보내는 신호를 느낀 셈이다. 몇 주 전부터 혼자 병원을 찾아다니며 모든 검사를 받았다. 의사들은 의심할 게 없다고 말했지만, 혈전검사 결과가 정상이 아니라는 걸 알았다. 인터넷에서 원인을 찾아 하나씩 제거해보았다. 마지막으로 한 가지 남은 원인이 암이었다. 응급실에 들어가기 사흘 전이었다. 포위망이 좁혀오자 종양은 자수하는 편을 택했는지 모른다.

올비는 '암에 걸렸다'는 말은 잘못된 표현이라며 '암적인 종양'이라고 정정한다. '종양'이라는 단어가 더 안심되나 보다. 그는 지금 자신의 불안과 싸우고 있는 것처럼 보인다. 설명서가 없는 국면에서 그는 항상 서툴다는 걸 안다.

내가 단호하게 말한다.

"내 말 잘 들어. 받아들여. 거부할수록 더 힘들어. 그리고 행동해."

10년 전 시누이 안느의 유방검사에 동행했던 날이 떠오른다. 의사에게 암이라는 소견을 듣고 검사실에서 나와 시립 수영장 앞까지 걸으면서 나는 위로할 문장을 찾고 있었다. 하지만 카페 테라스에서 커피를 주문할 때까지 한 마디도 꺼내지 못했다. 커피잔을 잡는 안느 손이 바들바들 떨렸다. 마치 덫에 걸린 동물 같았다. 안느는 담배 연기를 내뿜으며 이렇게 말했다.

"봐. 항상 나잖아."

안느는 '모베즈 에투왈mauvaise étoile'이 자기를 따라다 닌다고 말하곤 했다. 프랑스어로 '모베즈 에투왈'이란 나쁜 별이라는 뜻인데 '별자리가 사납다', 즉 '운이 없다'는 말이다.

나는 살면서 특별히 운이 없다고 생각해본 적이 없다. 지금 이 순간도 다르지 않다. 행복과 불행은 오직 자신에 게 달려 있고 죽음이라 할지라도 삶에 대한 책임은 온전 히 자신만의 것으로 생각한다.

사랑받을만한 존재 。

　페르시 군 병원은 파리에 있는 발드그라스 병원이 문을 닫은 뒤 남은 프랑스에서 유일한 군 병원이다. 병실도 깨끗하고 간호사들뿐만 아니라 침대 시트를 갈아주는 사람까지 어찌나 친절한지 이 병원에서 죽는다고 하더라도 그렇게 억울하지만은 않을 것 같다. 마취과의사는 또 얼마나 부드럽고 친절하게 수술 과정을 설명해주는지 이 의사에게 마취당하고 싶은 생각마저 든다.

　그런데 유감스러운 건 병원에서 주는 식사다. 식판에는 짠맛을 포함해서 모든 맛을 완전히 배제한 음식이 담겨 있다. 대체 어떻게 그런 일이 가능한지 모르겠다. 오늘도 음식을 뒤적이다가 그냥 포크를 내려놓는다. 나는 오래전부터 사람이 굶어 죽기 직전 인육을 먹는 일이 있었다는 이야기에 몹시 궁금증을 가졌다. 한번은 현비에게 물어본 적이 있다.

"넌 굶어 죽기 직전에 정말 엄마를 먹을 수 있을 거 같니?"

현비는 아마 잘 모르겠지만 어쩌면 그럴 수도 있을지 모른다고 덤덤하게 대꾸했다.

입원 5일째, 음식을 넘기지 못해서 내가 굶어 죽을 수 있는 사람이라는 걸 알고 안심한다. 아무리 극한 상황에서도 아들을 먹는 일은 없을 테니까. 저녁에 무니아가 만들어 온 파에야 그릇을 보며 중얼거린다.

"네가 이렇게 사랑을 받을만한 존재니?"

나는 주저하지 않고 마음속으로 고개를 끄덕인다.

죄의식 。

　보험 처리를 위해 입원을 증명하는 서류가 필요하다. 병원 사무처에 갔는데 직원의 질문이 어찌나 길던지 의자에 앉아 고개를 떨군다.

　"부 뷔붸 뜻 쏠Vous buvez toute seule?"

　'혼자 술 마셔요?'라는 소릴 듣고 깜짝 놀라 눈을 껌벅거리며 대답한다.

　"어…… 전 혼자 마시는 건 좋아하지 않아요."

　그녀의 황당한 표정에서 방금 받은 질문이 '부 비붸 뜻 쏠Vous vivez toute seule(혼자 사세요?)'이라는 질문이었다는 것을 깨닫고 얼굴이 화끈 달아오른다.

　어쩌면 암보다 죄의식을 먼저 치료해야 한다.

동행。

"마담 르그랑은 아직 젊었어요."

주치의 에르부웨 박사가 말한다. '저 뒤에 숨은 뜻이 뭘까.' 나는 귀를 쫑긋 세운다.

"직장암은 소화기관 쪽으로 전이되는 경우가 많으니 위내시경을 받아야 해요."

나는 얌전한 학생처럼 고개를 끄덕거리다가 마취 없이 내시경을 한다는 말에 깜짝 놀란다.

"제발요. 마취해주세요."

하지만 그는 전신 마취한 지 얼마 되지 않았고 다음 수술 날짜가 너무 가깝다는 이유로 반대한다. 오래 걸리지 않고, 견딜 수 있는 고통이라는 말을 듣자마자 마취에 대한 희망을 재빨리, 그리고 깨끗이 포기한다.

살풍경한 수술실에 도착했을 때, 본능처럼 재빠르게 수술실 내부를 살핀다. 철제 선반 밑에 뱀처럼 똬리 틀고 있는 튜브를 보면서 속으로 중얼거린다.

"설마 저건 아니겠지."

튜브의 반경은 내가 상상했던 목구멍 크기보다 훨씬 커 보였다. 튜브 끝에 반짝이는 전구를 보고 순간 절망에 빠진다.

여자 의사와 간호사가 들어와 상냥하게 인사를 건네자마자 플라스틱 고정 장치를 입에 물렸다. 그렇게 두껍고 긴 호스가 내 목구멍으로 들어올 수 있다는 사실에 놀랄 틈도 없이 긴 호스가 위를 채운다. 위가 풍선처럼 터질 것 같은 고통이 느껴지지만 조금만 긴장하거나 겁을 내면 기도가 막힐 것만 같다. 올라오는 구토를 간신히 참으며 마담 고몽의 말을 떠올린다.

"고통은 지나가요."

내시경 카메라가 모니터로 보여주는 위벽 사진이 불안하게 이리저리 움직이지만 숨을 고르는 데 신경이 집중되어 모니터를 쳐다볼 수도 없다. 구토를 참는데 눈물이 저절로 올라온다. 좁은 기도 사이로 숨을 고르지만 팽창된 복부는 금방 터질 것만 같다.

"금방 끝날 겁니다."

간호사가 내 손을 꽉 잡아준다.

의사가 말한다.

"마담 르그랑, 너무 잘하고 있어요."

사람마다 고통의 총량이 있고, 나는 지금 그걸 채우고 있나 보다. 고통의 시간은 자꾸 쪼개지고 쪼개지면서 영원처럼 길다. 의사가 넣은 가는 철사가 튜브 안으로 들어가 위벽을 긁는다.

위내시경이 끝난다. 의사가 내 손등을 도닥거린다.

"마담 르그랑, 당신 같은 모범생은 처음입니다. 대단합니다."

휠체어에 앉아 수술실을 나오다가 갑자기 코끝이 찡해진다. 고통에 동행해주는 의사에게도 감동할 수 있나 보다.

탈진된 상태로 병실로 들어가는데 누군가 내 이름을 부른다.

"마담 르그랑!! 검사 결과 들었어요?"

복도 맞은편, 너무 떨어져 간호사 얼굴이 보이지 않는다. 간호사는 내가 서 있는 자리에서 들리도록 다시 큰 소리로 말했다.

"위에는 아무것도 없대요!"

로또 당첨 소식을 전하듯 떨리고 흥분된 목소리를 듣는 순간, 마음 졸이며 검사 결과를 기다렸던 얼굴 모르는 간호사의 마음을 읽는다. 나는 운이 좋다.

섬세한 호의 。

　라벨의 〈죽은 왕녀를 위한 파반느〉를 듣는다. 가슴 안쪽이 아련하게 울린다. 봄날 하얀 체리 나무 밑을 지날 때 코끝에 스치는 은은한 향기처럼 엷게 지속된다. 아름다움이라면 이런 것이다. 슬픔 중의 최고는 아름다움에서 오는 슬픔이다. 그 나머지 슬픔은 분노이거나 자기애다. 심장을 찢는 상실은 이미 슬픔이 아니다.

　종양 절제수술을 기다린다. 장폐색을 일으키게 만든 염증을 치료하느라 맞는 독한 항생제 주사 때문에 체중이 내려간다. 혈압이나 콜레스테롤이 없고 몸무게가 정상인 것이 건강의 척도라고 생각했던 확신과 자만이 무너진다. 암이라는 병은 건강이라는 자본에 대해 가졌던 개미투자자의 어리석은 환상을 깨뜨린다.

불확실한 수술을 기다린다. 하지만 두려움이나 고통에 묶여 있기엔 햇빛이 지나치게 찬란하다. 산책을 나오면서 올비가 팔을 내준다. 팔을 잡지 않으면 몸이 꽃가루처럼 날릴 것 같다.

시청 앞에 임시 꽃시장이 열린다. 화초를 선물 받으면 말려 죽이는 게 미안해 누구 갖다줄 궁리만 했던 내가 몇 달 전부터 화초를 넋 놓고 쳐다보곤 했다. 초록이 아름답게 느껴지기 시작한 것도, 하나둘씩 채우기 시작한 화초가 발코니에 풍성해진 것도 병원에 들어오기 직전이다.

꿈틀거리는 생명의 에너지가 필요하다는 걸 정신보다 몸이 먼저 느꼈다. 초록 화초가 심신을 숨쉬게 하는 유일한 산소통이다. 문병 갈 때 꽃을 들고 가는 이유를 처음 알게 된다.

야생 화초를 파는 곳에서 화초를 고르고 계산을 기다리는데 서 있기가 힘들다. 눈이 맑은 아가씨는 내 시선이 의자에 자꾸 머무는 걸 알았는지 나에게 조심스럽게 묻는다.

"앉을래요?"

나는 얼른 그러겠다고 대꾸한다. 아가씨는 흙 묻은 의자를 손으로 털어준다. 그녀가 내미는 의자에 몸을 걸친다. 이런 섬세한 호의는 화초가 아닌 인간만이 줄 수 있다. 몸이 허약해지면, 정신이 맑아진다. 그리고 마음이 잘 흔들린다. 감동은 마음의 작은 흔들림이다.

사랑스러운 말 。

　프랑스 의료보험재단에는 피보험자가 입원하거나 큰 병에 걸리면 집에 가사도우미를 보내주는 서비스가 있다. 아침에 온 가사도우미에게 문을 열어주면서 말한다.

　"회사에서 전화한 사람이 강력하게 추천하던데 인기가 많은가 봐요."

　30대 후반쯤 되어 보이는 통통한 그녀는 약간 수줍은 미소를 지으며, 그러나 아주 자랑스럽게 말했다.

　"전 모든 사람이 다 좋아해요!"

　이렇게 사랑스러운 말은 참 오랜만이다.

당신이 처음입니다.

    아무에게도 말한 적 없지만, 오래전 한밤중에 속력을 내 운전하다 커브 길에서 자동차가 뒤집힐 뻔했다. 반포대교 남단에서 바깥쪽 차바퀴가 완전히 들렸다가 주저앉았다. 섬광처럼 아찔했다.

    조금만 더 빨리 달렸다면 차는 완전히 전복됐다. 안도감을 느낄 수조차 없는 찰나였지만 삶과 죽음의 경계를 지나왔다는 걸 알았다.

    삶과 죽음은 아주 미세한 속도와 시간, 분자의 양으로 질이 변하고 경계가 나뉜다. 암이라는 병도 다르지 않다. 시간이 지나면서 서서히 몸 안에 암세포를 전이시키고 삶의 질을 바꾼다.

죽음이 교묘한 방법으로 온다면 순간순간마다 삶과 죽음 그 갈림길이 얇디얇은 세포막 하나로 분리되는 게 아닐까 두려웠다.

- 몽테뉴

죽음이란 어떤 것일까? 잠들기 직전 무슨 옷을 입었는지 편안한 촉감만 기억나고 아무것도 떠오르지 않는 순간 어둠 속에서 몸과 의식이 분리된 듯한 느낌, 육체는 기억조차 나지 않는 옷가지같이 나를 둘러싼 모든 것과 함께 망각처럼 멀어지는 느낌일까?

늦은 오후, 수술을 집도할 외과의사 오르네 박사가 병실에 온다. 병실까지 찾아와 수술 과정을 다시 차근차근 설명한다.

"당신은 8시간 동안 외부 장치에 의해서 심장이 작동되고 호흡을 하게 될 겁니다."

마취는 일시적인 죽음이다.

의사가 가지런한 이를 드러내며 웃으면서 말한다.

"저는 준비됐어요."

그가 병실에 찾아온 건, 수술 전 환자의 불안을 덜어주기 위해서일 거라고 짐작한다. 진료실에서 처음 만났을 때 그는 수술 과정을 설명한 뒤 "혹시 궁금하거나 불안한 생각이 들면 언제든지 전화하세요" 하며 명함을 건넸다. 의사 명함에 핸드폰 번호가 적혀 있었다. 불안에 떨면서 전화 걸지 않을 거라는 걸 알았지만 의사의 세심한 배려는 불확실한 수술을 기다리는 상황에서 두둑한 보험을 든 것처럼 안도감을 주었다.

　　"제 몸을 통째로 맡기는 건 당신이 처음입니다."

　　내가 말했다.

　　의사가 웃는다. 가슴 두근거릴 만큼 멋진 의사 앞에서 나는 누더기 육신을 걸친 듯 초라한 기분이 든다. 프랑스어로 '비참하다pathétique'라는 말은 '병Phato'에서 나온 말이다.

　　"잠을 푹 자요."

　　그가 말했다.

　　"잠을 푹 자야 할 사람은 내가 아니라 당신이죠."

　　그가 웃음을 머금고 병실을 나간다. 멋지고 믿음이 가는 의사에게 내 몸을 맡긴다니 다행이다.

　　잠을 청하는데 어쩔 수 없이 불확실이라는 두려움이

스멀스멀 올라온다. 수면제를 부탁했는데 간호사가 갖다주는 걸 잊었고, 나는 생각의 스위치를 꺼버리고 잠이 든다.

기억나지 않는 기분 좋은 꿈。

"잠은 좀 잤나요?"

새벽에 체온 재러 온 간호사가 묻는다.

"뭐, 종일 자게 될 텐데요."

아침 일찍 소독약으로 몸을 닦고 파란 거즈로 된 수술
가운을 입는다. 결혼 반지를 뺀다. 이제 나를 증명해주는
건 수술 침대와 손목에 달린 이름표뿐이다. 사람의 몸이
몸뚱이로 바뀌는 순간이다. 온기 없이 냉랭한 침대에 몸
을 눕히면서 사형수의 아침을 상상한다. 그들은 두려움
에서 체념을 얻게 될까? 나는 두려움이 죽음보다 싫다.

에르부웨 박사가 아침 회진하다가 수술실로 내려가는
침대에 누운 나를 알아보고 반가워한다.

"드디어 내려가는군요. 마담 르그랑 당신은 항상 내 레

이더망에 있는 겁니다."

"수술 후는 어떻게 될까요?"

담당 의사가 불확실한 여행의 열쇠라도 쥔 사람인 듯 질문을 던진다.

"수술 후요?"

그는 생각에 잠긴 듯 잠시 말을 멈췄다가 대답했다.

"수술 후엔 삶이 있지요."

엘리베이터 문이 열린다. '삶La vie'이라는 단어가 이렇게 멀리 느껴진 적이 있을까? 형광등 불빛이 수술대 위에 누운 얼굴 위로 쏟아진다. 영화 속 주인공이 수술대로 향하는 장면에서 나는 항상 그 자리에 누워 있는 상상을 했다. 하지만 영화도 상상도 아니다. 지금 내가 수술대로 향하고 있다.

수술실은 춥고 의료진은 놀라울 만치 따뜻하다. 다리 밑으로 온풍기를 틀어준다. 어차피 몇 분 뒤면 난 아무 것도 느낄 수 없을 텐데……. 그들은 화기애애한 분위기다. 누군가에게는 삶과 죽음을 왕복할 수 있는 곳이 그들에게는 일터다. 마취과의사가 다가와 자기소개를 하고 내 이름을 묻는다.

기다리는 순간이 온다. 마취과의사가 마스크를 씌우

며 말한다.

"마담 르그랑, 제일 기분 좋은 장면을 상상하세요."

우윳빛 같은 기억, 현비가 세 살 적 잠에서 막 깨 나를 쳐다보던 모습을 떠올린다. 아주 오랜 세월 내 가슴 한가운데 바람이 지나다녔던 구멍은 현비가 태어났을 때 채워졌다. 마취로 떨어지는 순간 중얼거린다. 나는 이 여행에서 다시 돌아올 수 있을까? 그런데 이상하리만치 감미롭고 평온하다. 죽음도 이럴까?

꿈도 꾸지 않은 수면에서 깨어난다. 정적이다. 망막 안쪽에 무엇인가 보인다. 숲길이다. 어제 병원복 차림으로 병원에서 빠져나가 무니아와 산책했던 숲길이다. 카메라가 달린 드론처럼 움직이며 숲길과 나무들을 보고 있다. 온통 초록이다. 냄새까지 맡을 수 있다. 혹시 내가 죽은 걸까?

멀리 간호사들과 인턴들이 모여서 소곤거리는 소리가 들린다. 무슨 이야기를 하는지 신경을 기울이지만 이상하게도 전혀 알아들을 수 없다. 갑자기 목소리를 줄여 소곤거리기 시작한다. 저 비밀스러운 이야기는 대체 뭘까? 내 상태를 말하고 있는 걸까? 어쩌면 종양이 장기를 뒤덮

었는지 모른다.

눈을 뜬다. 제일 먼저 시야에 들어온 것은 벽시계다. 시간을 계산한다. 마취에 들어간 지 8시간 반이 지났다. 가망이 없었다면, 이렇게 오래 수술하진 않았겠지. 옆에서 한 간호사가 실타래처럼 감긴 약병 줄을 정리하고 있다. 하얀 피부에 짙은 속눈썹, 스물다섯쯤 되어 보이는 얼굴에서 숲 내음처럼 풋풋한 향기가 나는 것 같다. 내 시선을 의식하고 그녀가 웃는다.

"마담 어때요?"

나는 간신히 기운을 모아 말한다.

"당신 참 아름답네요."

내 목소리는 타인의 것처럼 느릿하고 멀게 들린다. 그녀의 싱그러운 젊음이 어둡고 무거운 터널에서 빠져나온 나를 매혹한다.

섬세한 손길을 가진 간호사는 이틀 동안 아침저녁으로 나를 조심스럽게 돌봐주더니, 작별 인사를 하고 사라졌다. 그녀가 떠난 뒤 아무리 노력해도 얼굴이 떠오르지 않는다. 마치 기억나지 않는 기분 좋은 꿈을 꾼 것처럼.

죽어도 여한이 없다는 말。

　오르네 박사가 병실에 들른다.

　"마담 르그랑. 수술은 잘됐습니다. 더 늦었으면 큰일 날 뻔했습니다."

　'수술이 잘되었다'는 문장에서 '아주'라는 부사가 빠진 것이 마음에 걸린다. 과장된 프랑스어 표현에 익숙하기 때문인가? 의심은 불안과 이복형제다.

　제거된 종양과 임파선을 분석한 결과로 항암치료를 결정한다. 지금 내 상태는 침대에 앉기조차 힘들다. 무니아는 매일 나를 휠체어에 태워 햇볕을 쪼일 수 있게 병원 테라스에 데려다 놓고 아무 말 없이 쉬다 간다. 내 몸도 정신에 비행기 모드를 요구한다. 걱정, 근심, 이런 모든 감정이 휴지기에 들어간다.

오늘은 현비가 열여덟 살, 성인이 되는 날이다. 생일 축하 문자를 보낸다.

오늘 생일 파티를 같이 못 해서 미안해.
바로 오늘이 18년 전,
내 뱃속에서 안 나오려고 했던 날이구나.
아침마다 네가 침대에서 안 나오려는 것도 좀 비슷해!
생일 축하해.

고마워. 엄마.
맞아. 오랜 습관은 잘 바뀌지 않는 법이지.
18년 이후의 날들을 같이 보내는 것으로 충분해.
잘 회복해.

내가 없는 생일 파티, 내가 없는 삶을 상상한다. 그렇게 슬프지도 억울하지도 않다. 어차피 세상의 아름다운 곳을 전부 여행할 수 없고, 세상의 맛있는 음식을 다 먹을 수 없고, 가슴 뛰는 그 많은 책을 다 읽을 수 없다. 경험의 밀도가 중요할 뿐이다.

많이 먹는다고 식탐이 해결되지 않는 것처럼 오래 산

다고 반드시 축복받은 인생도 아니다. 하늘이 주었던 셀수 없이 아름다운 감동, 기분 좋은 소식과 함께 샴페인 글라스를 부딪쳤던 순간들, 음악이 주었던 짜릿한 기쁨. 허겁지겁 쫓겨 살지 않고, 음미했다. 내 인생은 유쾌했다.

내가 없어도 아이들이 잘살 수 있을까? 이상하리만치 걱정되지 않는다. 만약 나에게 무슨 일이 생긴다 해도 아이들은 슬픔을 극복하고 잘살 것 같다. 내가 줄 수 있는 것은 이미 다 주었다는 걸 느낀다. 설명할 수 없는 어떤 단단한 믿음이다. 아마 죽어도 여한이 없다는 말은 이럴 때 쓰는 말인가 보다.

집 。

　나는 매번 집을 떠날 때마다 집을 잊는다. 구경거리에
골몰해서 정신이 팔린다. 프랑스에서 한국을 자주 왔다
갔다 하지만 저길 가면 여길 잊고, 여기 오면 저곳을 깡
그리 잊는다.

　'집'이라는 말을 들으면 어렸을 적 골목에서 뛰어놀다
가 해 떨어지고 허기질 때 밥 짓는 냄새와 함께 돌아가는
그 집이 떠오른다. 모든 여행이 시작되고 되돌아오는 장
소. 죽음도 그렇다면 좋겠다. 골목에 나가 모든 것을 잊
고 뛰어놀다가 기분 좋게 나른한 몸을 끌고 집으로 돌아
가는 것.

　한번은 생제르맹데프레Saint-Germain-des-Près의 센
Seine 가를 걷다가 한 갤러리 앞에서 '언더그라운드의 여

왕'이라고 불리는 미국 가수 패티 스미스를 마주친 적이 있다. 시인이자 공연가, 전위예술가인 그녀, 세상 구경에 빠져 집으로 돌아가는 걸 완전히 잊어버린 사람의 형색이었다.

나에게 남은 것。

　영화 〈보이후드〉에서 여자 주인공은 아들이 고등학교를 졸업하고 집을 떠나는 장면에서 울먹이며 말한다.

　"결혼하고, 아이를 낳고, 학교에 보내고, 이혼을 하고, 학교를 마치고, 직장을 찾고, 모기지를 끝내고, 네 누나가 대학을 가고, 이제 네가 대학을 가고, 나에게 남은 건 뭔 줄 아니? 빌어먹을 장례식이야. 난 뭐가 더 있을 줄 알았어."

　그녀는 '할머니후드'가 그렇게 나쁘지 않을 수도 있다는 생각을 미처 하지 못한 것이 아닐까?

철학은 죽음을 배우는 것 。

부엌 창틀 방충망에 파리가 움직이지 않은 채 붙어 있다. 이틀 전 방충망에 앉은 파리가 집안으로 날아다니는 게 귀찮아 창문을 닫았을 때 갇혔던 놈이다. 창문을 몇 번 여닫아도 꼼짝도 안 하고 같은 자리에 그대로 붙어 있다. 앞다리를 비비는 것이 아직 살아 있다. 방충망과 창문 사이에 갇혔던 트라우마가 방충망에 얼어붙게 했나? 날아갈 수 있도록 창문을 활짝 열어놓는다.

시아버지는 지난겨울 췌장암 수술을 받았다. 수술을 받기 위해 병원에 모셔다드리던 날, 조수석에 앉아서 그는 혼잣말처럼 중얼거렸다.

"정말 믿어지지 않는 게 뭔 줄 아니? 팔십육 세가 되었다는 거야. 그런데 진짜 문제는 내 마음은 팔십육 세하곤 아무 관계가 없다는 거란다."

　인간은 마음의 나이 먹는 속도와 육체의 나이 먹는 속도에 차이가 생기는 지점부터 늙기 시작한다. 그리고 그 격차는 세월이 지날수록 점점 커진다. 그는 어려운 수술과 고통스러운 항암을 끝냈지만, 완전히 딴사람이 되었다. 죽음의 위협에 스스로 포로가 된 사람처럼 아무 말 없이 거실에 앉아 멍하니 허공을 쳐다보면서 시간을 보낸다. 두려움 때문에 영혼이 마비된 모습이다.

　시어머니는 한숨을 쉬면서 혼잣말처럼 중얼거린다.

　"너라면 아직 젊고 아이들도 돌봐야 한다지만……."

　죽음에 가까워지는 나이가 된다고 지속에 대한 욕망, 죽음에 대한 두려움이 사라지는 건 아니다. 인간은 죽음 자체의 고통보다 죽음에 대한 두려움으로 받는 고통이 더 크다.

　해마다 크리스마스가 되면 시아버지는 보관해두었던 오래된 포도주를 꺼낸다. 그런데 코르크를 따야 할 시기를 놓쳐 맛이 날아간 포도주가 대부분이다. 영원히 숙성하는 포도주도, 불멸의 인생을 사는 인간도 없다. 적당한 시기에 포도주를 따서 마시고, 햇살을 만끽하는 것 말고 우리에게 다른 선택이 있는 걸까?

몽테뉴는 말에서 떨어지는 사고로 정신을 잃는 순간 슬며시 생각했다. '아, 죽게 되는구나. 이렇게만 죽는다면 행복하게 죽을 수 있겠구나.' 결국 죽음을 간접적으로 경험한 다음에야 죽음에 대한 두려움을 이겨낼 수 있었다.

몽테뉴는 죽음과 친밀해지라고 말했다. 죽음에 대해 생각하는 훈련을 하고, 죽음이라는 적과 자주 사귀어 두어야 한다고. 철학은 다름 아닌 죽음을 배우는 것이라고.

사흘 뒤, 방충망에 말라붙어 있는 파리를 발견한다.

슬픔에 너그러워져야 할 시간 。

한국에 계신 어머니는 전화를 받을 때마다 자꾸 "딸"이라고 부른다. 나는 익숙하지 않은 호칭이 불편하다. 초조함과 걱정 때문이겠지만, 어머니는 전화할 때마다 어색하게 주문 외우는 듯한 문장만 반복한다.

"그냥, 편안하게 전화 받으면 안 돼? 난 괜찮거든."

거실 소파에 앉아 통화하며 발코니의 화초를 쳐다본다. 어머니는 화초를 잘 키운다. 냄비에 불을 켜놓은 걸 잊어버려 태우기 일쑤인 어머니, 옛날에 길에서 언니와 오빠를 잃어버려 파출소에서 찾아온 적도 있었다. 자식 키우는 일이 서툴렀던 어머니가 화초를 잘 키우는 것이 오래전부터 신기했다.

"몸은 어떠니?"

어머니의 목소리 톤이 바뀌었다. 감정을 숨길 줄 모르는 분, 나는 어머니가 던진 슬픔의 덫에 걸린 동물처럼 빠져나가고 싶다.

"괜찮아."

친구가 서울에서 병문안 올지 모른다고 말했더니 어머니는 내가 좋아하는 음식을 준비해서 친구 편에 보내겠다고 한다. 가만히 한 곳에 계시는 성격이 아니지만 팔십 넘은 노파가 먼 거리를 움직이게 하고 싶지 않다.

"괜찮아. 먹은 셈 칠게."

어머니가 가라앉은 목소리로 말했다.

"멀리서 혼자 투병하는 딸에게 아무것도 해줄 수 없다는 게 얼마나 가슴 아픈 일인 줄 아니?"

어머니의 차분한 말투 때문이었을까? 문득 나는 어머니에게 어머니 역할을 제대로 맡겨준 적이 없었다는 걸 깨닫는다. 산후조리를 도와주러 프랑스까지 온 어머니는 아기 목욕 한번 시켜보지 못하고 돌아갔다.

대부분의 프랑스 여자들처럼 낳은 새끼를 어미가 챙기는 게 자연의 이치라고 생각한 면도 있지만, 어머니가 나를 챙겨주는 상황이 익숙하지 않았고, 그래서 불편했다.

"어미 맘이 그런 것이지."

어머니가 혼잣말처럼 중얼거린다.

돌아가신 외할머니는 내 나이에 막내아들을 잃었다. 그때 막냇삼촌은 현비보다 조금 어린 나이였다. 죽은 자식을 가슴에 묻은 할머니에게는 우물보다 더 깊은 한이 있었다. 한복 안에 차고 다니던 돈주머니처럼 슬픔을 차고 다니다가 어두컴컴 해가 지는 저녁 무렵이면 할머니는 혼자 그 슬픔을 꺼냈다. 부엌에서 밥을 지으면서 곡을 하셨다. 자신의 인생을 갈무리하는 푸념과 탄식, 슬픔이 섞인 자작곡이었다. 갈가리 찢기는 고통을 노래로 불렀다. 저녁 뒤풀이 곡이 끝나면 언제 그랬냐는 듯 금방 사람을 웃겼다. 걸쭉한 욕으로 상대를 때려눕히는 할머니에게는 아이를 열 낳은 여자만이 가질 수 있는 동물적 용맹이 있었다.

5,000킬로미터 떨어진 거실에 앉아, 읊조리는 듯한 어머니 목소리를 가만히 듣는다. 나는 왜 어미의 슬픔을 받아들이지 못할까? 삶에 대한 어떤 본능도 어미의 본능을 누르지 못한다. 그걸 모르는 세상의 어미는 없다.

창밖으로 파릇한 화초가 눈에 시리게 들어온다. 마음속으로 읊조린다. 이제 슬픔에 너그러워져야 할 시간이라고.

두려움은 대부분

두려움에 대한

상상에서 나온다

3.

습관의 잠에서 깨어나기 。

아침에 빵을 사러 나갔던 올비가 은방울꽃이 담긴 작은 컵을 건넨다. 프랑스에서는 5월 1일, 행운을 상징하는 은방울꽃을 선물한다. 봄소식과 함께 아름다운 날의 귀환을 상징하는 꽃이다.

오늘이 주민등록에 기재된 내 생일이다. 누군가의 착오로 내가 태어난 생일보다 두 달 늦게 신고됐다. 은은한 꽃향기를 맡으며 문득 이런 생각이 스친다. 성명학에서는 불리는 이름이 한 사람의 운명을 결정한다는데 태어난 생일을 바꾼다면 운명도 바뀌게 되지 않을까?

운명이나 오행에 영향을 주는 요소는 자신의 의지와 전혀 관계없는 생일이나 이름이다. 하지만 우린 태어난 곳과 사는 곳, 그리고 죽는 곳이 다를 수 있는 세상에 산다. 우리를 옭아매는 의무, 괴롭지만 그래야 한다는 생각들도 대부분 자기 생각이 아니다. 암이라는 병은 죽음이 철저히 혼자 몫이라는 것, 인간은 예외 없이 죽고, 관계는 영원할 수 없고, 단절과 소멸도 자연의 일부분이라는 가르침을 준다.

"이제부터 내 생일은 5월 1일이야."

내가 가족들에게 선언한다.

"그럼 엄마는 올해 두 살 먹은 셈이네?"

현비가 대꾸한다.

"아냐. 부활절에 나는 다시 태어났어. 해마다 공휴일이 생일이고, 행운을 가져다준다는 꽃도 선물 받고, 얼마나 좋니?"

몽루즈Montrouge 동네 끝에 있는 공동묘지를 산책할 때마다 내 나이에 이르지 못하고 죽은 사람들의 묘비명을 발견한다. 반세기 넘게 살았으니 이제 내 의지와 선택으로 운명의 주사위를 던져 보기로 한다. 각자 자기 나라의 여왕이 되어서.

가벼운 농담처럼 생일을 바꾸기로 하고 나니 운명을 내 손에 쥔 듯 흥분된다. 병은 우리가 가진 습관이라는 잠에서 깨어나게 한다. 만약 그 습관의 잠에서 깨어난다면 정말 운명은 바뀌게 될지도 모른다. 그것이야말로 어쩌면 진정한 부활이다.

운명은 우리의 기질을 전혀 건드리지 못한다. 오히려 우리의 기질이 운명을 끌고 가 그 형태를 만들어내는 것이다.

- 몽테뉴

수치심에 대하여 。

어머니는 나를 한 살 일찍 학교에 보냈다. 그 때문이었는지는 모르지만 나는 뒤처지는 아이였다. 나를 둘러싼 세상이 항상 뿌연 안개에 가려 있는 것 같았다. 숙제도 준비물도 잘 챙기지 못했고, 당연히 친구도 없었다.

어느 날 나는 운동장에서 아이들에게 지우개를 잘라서 나누어주었다. 환심을 사기 위한 여섯 살짜리 계집애의 자구책이었다. 그 기억이 또렷하게 남아 있는 이유는 지우개를 잘라서 나눠주면 생소한 감정을 아주 강하게 느꼈기 때문이다.

그 느낌이 수치심이라는 것을 나중에 알았다.

치밀함보다 적응력이 필요한 순간。

에르부웨 박사는 암이 유전적인 원인에 의한 게 아니라고 말한다. 암에 걸릴 확률이 높은 유전적인 형질을 자식에게 물려주지 않는다는 결과가 다행스럽다.

하지만 성적표가 좋지 않다. 종양 바깥에서 암세포가 발견되고 임파선으로 전이가 되었다. 5년 생존율 50퍼센트라는 직장암 3기, 그나마 간으로 전이가 없었으니 완전 낙제 점수는 면한 셈이다. 이제부터 긴 항암치료를 받아야 한다.

올비와 내 앞에 앉은 주치의 에르부웨 박사, 외과의사 오르네 박사는 침울한 표정이다. 의사로서 이런 소식을 전하는 일이 유감이기 때문이다. 나는 아이의 부진한 성적 상담을 받으러 온 학부모처럼 앉아 있다.

암은 이명증이나 관절염 혹은 습진처럼 집요한 고통을 주면서 자기주장을 하는 병이 아니다. 어느 날 의사가 "불행히도 암이 아니라고 말할 수는 없을 것 같습니다"라든가 "암세포가 발견되었습니다"라고 말을 하는 순간, 느닷없이 '암 환자'가 된다.

몸 안에 종양이 제거되고 암세포를 죽이는 일이 남았지만, 나에겐 슈뢰딩거의 고양이처럼 반반의 가능성을 전제로 한 추상적인 견해처럼 느껴진다. 두려움은 병보다 훨씬 실제적이고 구체적인 문제다.

에르부웨 박사는 12번의 항암치료가 재발 확률을 떨어뜨리는 목적이라고 설명한다. 올비는 긴장한 표정으로 의사의 말을 착실하게 받아적는다. 그는 아이들의 진학 상담 설명회든 어디서든 꼼꼼하게 받아적는다.

아무리 치밀한 성격을 가진 올비도 아내가 암에 걸려 항암치료를 받아야 하는 상황을 염두에 둔 적은 없겠지. 인생은 원하든 원하지 않든 좋거나 나쁜 서프라이즈의 연속이다. 그런 의미에서 치밀함보다 적응력이 더 필요하다.

차를 타고 병원을 빠져나오는 길, 올비는 운전을 하면서 아무런 말이 없다. 너도밤나무 가로수가 울창한 도로를 빠져나오면서 내가 중얼거린다.

"봤어? 몇 주 만에 가로수 초록이 너무 아름답다."

올비는 뭘 하고 싶냐고 묻는다. 그는 오늘 나와 시간을 보내기 위해서 월차를 냈다. 나는 생제르맹데프레를 산책하자고 한다. 24년 동안 우리가 딱히 다른 할 일이 없을 때 그랬던 것처럼.

20분 뒤, 생제르맹의 가장 번화한 거리 센 가에서 주차할 자리를 용케 찾는다. 그럴 줄 알았다. 화창한 봄날 오후, 생제르맹 거리는 속절없고 천진한 계집애처럼 절망스러운 기색이라고는 눈곱만치도 찾아볼 수 없다.

두려움은 누구든 닥치는 대로 잡아
포로로 가둔다。

항암치료를 위해서 입원 가방을 싼다. 혼자 여행을 떠나는 기분이다. 병원이란 곳은 목적이야 어떻든 일상에서 빠져나와 온전히 자신에게만 침잠할 수 있는 사색의 공간이다.

넓은 병실 창으로 보이는 므동Meudon이라는 마을 숲은 신비롭다. 그 마을에 작가 페터 한트케가 산다. 대학 시절에 읽었던《페널티킥 앞에 선 골키퍼의 불안》이라는 소설 제목을 떠올린다. 긴장을 견딜 수 없어 축구 페널티킥도 못 보는 내가 암이라는 병 앞에 담담하다. 생존에 관여하는 무의식이 매일 할당된 고통에만 집중하게 만드는 걸까? 두려움과 불안의 주범인 상상의 채널을 꺼버린 것 같다.

옆 침대에 누워 있는 노파는 오후 내내 누군가와 전화로 긴 대화를 한다. 가려진 커튼 옆에서 들리는 이야기, 샴페인을 사고 어떤 사람과 화가 난 듯 가격 흥정을 하다가 실랑이 중이다. 화장실을 다녀오다가 노파를 힐끗 본다. 앙상하게 마른 팔을 얼굴에 올린 채 혼잣말을 하고 있었다.

노파는 임종을 준비하는 병실로 옮겨진다. 인생의 마지막 순간, 파편처럼 쏟아지는 말이 이토록 일상적이라는 사실에 놀란다. 시어머니 아를레트는 임종을 혼자 맞고 싶다고 말한 적이 있다.

"우리가 생각하는 것처럼 임종이 그렇게 평화로운 건 아니란다. 의지로 전혀 통제하지 못하는 그런 모습을 나는 마지막 이미지로 남기고 싶지 않다."

'가까운 사람들 사이에서 웃으며 살고, 모르는 사람들 틈에서 투덜대면서 죽어라!' 몽테뉴가 500년 전 했던 말을 이해한다.

항암치료를 위해 수술실로 내려간다. 대기실에서 수술실로 옮겨지길 기다리는데 옆 침대 여자가 화장실이 급하다며 간호사를 부른다. 간호사가 이곳에서는 화장실을 갈 수 없다고 하자 여자가 울먹인다.

"두려움 때문에 소변을 참을 수가 없단 말이에요."

안절부절못하는 여자에게 내가 묻는다.

"무슨 수술을 기다리고 있어요?"

"코 안에 종기가 자라서 그걸 자르러 왔어요."

30대 중반 건강해 보이는 외국인 여자다.

"무슨 일이 있으려고요. 여긴 프랑스 최고 병원입니다."

내가 여자를 위안한다.

여자가 울먹이면서 대답한다.

"수술실이라는 것만으로 이미 까무러칠 듯 무섭단 말이에요."

두려움은 누구든 닥치는 대로 잡아 포로로 가두어버린다. 아무 생각 없이 숲길을 산책하던 공주님이 그냥 덥석 잡혀 왔다.

수술실로 들어가면 환자의 몸은 사적인 속성을 잃는다. 국부 마취 덕분에 통증을 느낄 수 없지만 피부가 잘리고 압력이 가해지는 감촉이 느껴진다. 의사는 가슴 쇄골 밑에 케모포트를 설치한다. 피부 안에 넣은 이 조그만 상자 안으로 6개월 동안 항암제가 투입된다.

통증 없는 몸이 이상하게 내 몸 같지 않다. 의식은 자기 집에서 쫓겨난 집주인처럼 누워 있는 몸뚱어리 주변을 떠돌고 있다.

얼굴을 가린 거즈 밑에서 난 이렇게 중얼거린다.

"쯧쯧, 대체 어쩌다가 너는 이런 상황을 겪고 있는 거니?"

'암'이라는 단어가 여전히 생소하다. 나도 모르는 범죄 조직에 가담한 것처럼. 나는 모범 시민이다.

인생이라는 소설 。

옆 침대에 새 환자가 들어온다. 칠십이 조금 넘은 노부인 프랑수아즈는 환자복도 갈아입지 않고 금방 퇴원할 사람처럼 병실 입구 의자 앞에 앉아 있다. 변비가 좀 걸렸을 뿐, 특별히 아픈 데가 없다며 빨리 집으로 돌아가야 한다고 중얼거린다. 저녁 식사가 나오자 저택에서 만찬을 즐기듯 먹는다. 텔레비전 볼륨을 조금 줄여달라고 부탁하다가 마주친 얼굴은 텔레비전을 마주 보고 앉은 허깨비 같다.

주렁주렁 달린 약주머니 속 항암제는 인퓨전 펌프를 거쳐 몸 안으로 투입된다. 펌프 소리와 항암제 냄새는 두통과 구역질을 동반한다. 병은 아무것도 할 수 없는 순간, 가만히 누워 기다린다거나 무위한 상태를 견디는 걸 배우게 한다. '기다리다patienter'라는 단어에서 '환자patient'라는 단어가 나온 건 우연이 아니다.

프랑수아즈는 팔짱을 끼고 골똘한 생각에서 빠져나온 듯 불쑥 말을 꺼낸다.

"참 이상해요. 시간이 지나면서 과거에 몰랐던 비밀이 수면으로 올라와요."

그녀가 말을 잇는다.

"기억은 사진기와 같다는 걸 아세요? 50년 전 스쳤던 장면들이 다시 떠올라요. 아주 사소한 기억조차."

항암제가 주입되는 동안 병실 침대에 반쯤 기대앉은 채 프랑수아즈의 이야기를 듣는다.

이탈리아에서 이민 온 프랑수아즈의 부모는 자식을 열한 명 낳았고 그중에 막내로 태어난 프랑수아즈가 집을 나온 건 열일곱 살 때였다. 다른 열 명의 자식들처럼 먹여 살릴 것이 없었기 때문이었다. 비참한 이야기였지만 그녀는 아무 원망도 슬픔의 감정도 없이 담담하게 말했다.

다행히 열네 살 때부터 배운 미용 기술 덕분에 미용실에 취직하고 자립한다. 열아홉 살 되던 해, 그녀는 처음 떠난 브르타뉴 바닷가에서 남자를 만난다. 키가 크고 피부가 건강하게 그을린 남자가 그레고리 펙을 닮았다고 말했을 때, 그녀의 목소리에서 첫사랑을 만난 그 시절로 잠시 돌아간 듯 수줍음이 느껴진다. 그녀는 바닷가에서 만난 남자와 결혼하고 벨빌Belleville에 있는 미용실에서 일하면서 세 아이를 키운다.

하지만 남편은 비밀스러운 구석이 있었고 그리 믿을 만한 인물이 아니었다. 그는 밤마다 직업 훈련을 받는다고 외출한다. 두 사람의 결혼은 평탄치 않았고 10년 전 이혼을 한 뒤 그는 비참하게 혼자 죽음을 맞이했다.

성실하게 평생 미용사로 일을 한 그녀는 벨빌의 미용실과 커다란 아파트를 소유하고 조용히 은퇴한 인생을 보내고 있었다. 딸아이가 사는 플로리다Florida도 왕복하면서. 그런데 요즘 죽은 남편이 처음부터 바람피운 것 같은 증거가 하나둘씩 떠오르며 퍼즐 조각처럼 맞춰진다는 이야기다.

"내 인생은 말이죠. 함정에 걸렸던 거죠."

프랑수아즈가 말했다. 그녀의 하루는 단조롭다. 안부를 묻는 가족조차 없는지 핸드폰도 울리지 않는다. 혼자 사는 벨빌의 아파트도 다르지 않을 거라 상상한다.

월요일 아침, 회진 온 의사가 그녀에게 묻는다.

"프랑스 대통령 이름이 뭐죠?"

아무 대답이 없자 의사가 힌트를 준다.

"마, 마……막, 마크."

여전히 아무 반응이 없다. 프랑수아즈는 백혈병뿐 아니라 잠금 기능을 해제하는 핸드폰의 비밀 번호를 기억하지 못해 가족에게 전화조차 걸 수 없는 심각한 치매 증상을 겪고 있었다.

퇴원을 준비하는 동안, 전날처럼 벽에 등을 기댄 채 의자에 앉아 혼잣말처럼 중얼거리는 소릴 듣는다.

"기억은 사진기와 같다는 것을 아세요? 제 인생은 소설로 쓰면 아마 책 한 권 나올 겁니다."

장르와 볼륨이 다를 뿐 모든 사람의 인생은 한 편의 소설이다. 매일 같은 페이지를 인쇄하는 프랑수아즈의 고장 난 기억 장치, 가엾게도 그녀는 10년 전 죽은 전남편에게 오늘도 새로운 배신을 당하는 중이었다.

좌우명 。

　나는 좌우명을 가져본 적이 없다. 인생이라는 항해에 과연 구명보트처럼 나를 지켜줄만한 좌우명이 있을지, 복잡한 인간사에 한 문장으로 요약될만한 가치가 존재하는지 의심스럽다.

　학벌, 직장, 외모, 성격……, 사람들에게 부러움과 호감을 줄 수 있는 그런 남자를 안다. 그를 처음 본 건 그가 파리로 신혼여행 왔던 6년 전 가을이었다. 말 그대로 젊은 부부는 눈부시게 아름다웠다.

　그를 두 번째 본 건 내가 서울에 갔을 때 그들이 사는 집에 잠깐 초대되었던 저녁이다. 그가 직접 커피를 갈아서 내왔다. 그들이 사는 신혼 아파트는 커피 향처럼 완벽했다. 새벽에 일어나 남편을 위해 도시락을 싸준다고 말하는 그의 아내는 행복해 보였다. 말 그대로 그림 같았다. 얼마 뒤, 그의 아내는 백혈병을 발견하고 골수이식 수술을 받게 되었다.

세 번째 그를 본 건 2년 뒤, 백혈병 완치를 축하하기 위한 저녁 식사 자리였다. 구석에서 말없이 식사를 하는 그의 표정은 조명 때문이었는지 어두워 보였다. 몇 달이 지나서 나는 그들이 이혼 소송을 시작한 걸 알았다. 아내가 투병하던 중, 그에게 여자가 생겼다는 이야기를 들었을 때 귀를 의심했다. 쉽지 않은 이혼 과정에서 그의 아내는 암이 재발했고 1년 넘게 고통스러운 치료를 받다가 세상을 떠났다. 그녀의 나이는 서른한 살이었다.

나는 장례식에서 그를 보지 못했다. 인간으로 사는 일은 정글만큼 위험하고, 정글보다 훨씬 외롭다.

이따금 그를 생각한다. 그때마다 그의 핸드폰 메신저 프로필에 표시된 좌우명 같은 문장이 떠오른다.

'혼자 가면 빨리 가지만, 같이 가면 멀리 간다.'

나는 그 좌우명을 '같이 가면 멀리 가지만, 혼자 가면 빨리 간다'로 읽었어야 했다.

병에 걸렸다고 병적일 이유는 없다。

　하얀 타일 바닥 위에 머리카락이 수북하다. 움푹 들어
간 뒷머리를 거울에 비춰보면서 왜 머릴 더 자르지 않았
을까 의아해하다 잠에서 깼다. 일어나자마자 베개를 확
인한다. 하얀 베개와 시트 위에 긴 머리카락이 한 움큼
빠져 있다. 소문으로만 듣던 암이라는 병을 그렇게 목격
한다.

　탈모는 여지없이 암이라는 병에 포로로 잡혔다는 걸
증명해준다. 막을 방법은 없다. 내 몸이 전쟁터라는 걸
받아들여야 한다. 어떤 전쟁이든 아군의 사상은 불가피
하다.

　사흘 전 진료실에서 에르부웨 박사가 말했다.

　"마담 르그랑, 우리 확실히 짚고 넘어갈 게 있어요. 항

암치료는 암을 치료하는 것이 아닙니다. 단지 수학적 확률을 높이는 겁니다. 암세포가 다시 당신을 공격하는 확률을 줄이고 있는 겁니다."

의사는 낙관적 환상보다 아픈 진실을 알려주는 것이 자기 역할이라고 생각했나 보다. 만약 그의 말대로 재발할 확률이 50퍼센트에서 25퍼센트로 낮아진들 무엇이 달라질까? 나는 수학적인 확률로 불안해지고 싶지 않다. 모호함을 기꺼이 받아들이겠다고 말하고 싶지만 입을 다문다. 그의 영역이 아니다.

에르부웨 박사는 머리카락이 빠진다는 말을 듣고 자기가 담당하는 직장암 환자 중에 탈모 부작용을 겪는 환자는 내가 두 번째라며 깜짝 놀란다. 낮은 수학적 확률도 탈모를 막아주진 못 한다.

의사는 가발 처방전을 써준다. 가발을 쓰지 않을 거라는 걸 알지만 그냥 받아두기로 한다. 프랑스 의료보험 시스템은 수술 비용부터 가발 비용까지 혜택을 준다. 원한다면 정신과 상담치료도 병행할 수 있다. 이런 나라에서 암치료를 받는다는 건 그나마 운 좋은 일이다.

수화기 줄처럼 약병을 달고 퇴원한다. 플라스틱 병 안에 든 약 주머니는 정확히 46시간 동안의 투약이 끝나면 손가락 크기로 풍선처럼 쪼그라든다. 2주마다 간호사 베로니크가 집에 와서 거추장스러운 약병을 떼면 몸이 날아갈 듯 가벼워진다. 고통받는 사람들에게 행복은 쉽다. 그저 고통을 느끼지 않는 상태다.

베로니크가 싱그러운 목소리로 말한다.

"마담 르그랑, 오늘 같이 화창한 날씨는 꼭 즐겨야 해요!"

호사스러운 봄날이니 머리를 자르러 간다. 단골 미용사는 머리를 감기다가 머리카락이 뭉텅이로 빠진 걸 보고 깜짝 놀라 묻는다. 항암치료 중이니 가능한 머리를 짧게 잘라달라고 말한다. 평소라면 수다를 떨다가 웃을 때마다 가위질을 멈춰야 하는데, 오늘 그는 입을 꼭 다문 채 진지한 표정으로 머리를 자른다.

내가 묻는다.

"근데 여기서 머리카락이 더 빠지면 어쩌죠?"

"에이, 그럼 뭐 군인처럼 싹 밀면 되죠."

대답이 어찌나 빠르고 흔쾌했는지 웃음이 터지고 만다. 병에 걸렸다고 병적일 이유는 없다. 짧은 머리가 마음에 든다. 24년 올비의 긴 머리 취향에서 이렇게 해방

되는 방법도 있었다고 중얼거린다.

자른 머리를 보고 현비가 깜짝 놀라 웃으며 말한다.

"엄마, 어제보다 더 예뻐."

"나도 그렇게 생각해."

저녁 식탁에서 구역질 때문에 식사를 멈추는 걸 보고 올비가 말한다.

"6개월 뒤에 출산하는 거야. 이번에는 아이가 아니라, 새로운 자신을."

우린 매일 조금씩 새로워진다. 단지 그걸 눈치채지 못할 뿐이지.

상처는 나르시시스트적이다 。

　지나가는 소녀 얼굴에 옛날 사촌 여동생 얼굴이 겹친다. 내가 열 살 즈음으로 기억하는 어느 날, 이모 집에서 서너 살 아래 사촌 여동생을 봐주며 놀았다. 이모는 자린고비처럼 돈을 모아 사채놀이로 자산가가 된, 어머니 집안의 입지전적인 인물이다.

　사촌동생은 얼굴이 까무잡잡하고 눈이 유난히 큰 예쁜 아이였다. 그날 어쩌다가 사촌동생 이마에 상처가 났는지 아이가 거울 앞에서 상처를 들여다보며 눈물을 뚝뚝 흘리고 있었다. 걱정되어 다가섰을 때 아이는 한 번도 본 적 없는 동물 같은 적개심을 드러내며 앞머리로 이마의 상처를 감춰버렸다. 그 순간 나는 관심받으려고 엄살 부리는 상처가 아니라, 다른 상처가 있다는 걸 알았다.

상처를 꽁꽁 숨긴 여자아이 앞에서 내가 느꼈던 막막함과 무기력감을 지금도 기억한다.

인간은 거울에 비춰보지 못하는 크고 작은 영혼의 생채기가 있다. 깊은 상처를 가진 존재일수록 타인에게 상처를 입히지만 그걸 알아차리지 못한다. 상처가 가진 나르시시스트적인 면이다. 나는 오랜 세월 사촌 여동생을 만난 적이 없다. 결혼은커녕 연애 한번도 해본 적 없다는 이모의 한숨 섞인 하소연을 어머니를 통해서 몇 번 들었을 뿐이다.

신의 기적보다 굽은 노파의 등을 믿는다 。

　건강하다는 건 질병의 저항에서 몸이 이기고 있는 일시적인 상태를 의미한다. 50년 동안 그 저항에서 이겼다고 오늘 혹은 내일도 이길 거라는 건 어리석은 믿음이다. 적이 선전포고도 없이 기습해서 전투도 한번 해보지 못하고 항복하는 전쟁도 있다. 교전은 내 몸을 지치게 한다.

　늦은 저녁 서울에서 날아온 친구를 마중하러 몽파르나스Montparnasse에 나간다. 나를 보자 친구의 까만 눈망울이 강아지 눈처럼 촉촉해진다. 타인이라는 거울에 비친 허약해진 육체를 본다.

　친구는 친정엄마처럼 커다란 여행 가방에 식자재를 바리바리 싸 왔다. 그리고 익숙하지 않은 주방에서 코에 땀이 송송 맺힌 채 파에야를 만들어준다. 살면서 '운이 좋다'라는 확실하고 유일한 믿음의 근거는 '만남'이다.

종일 약물 냄새와 울렁증이 따라다닌다. 부작용이 심해지면 침대에 누워서 시간을 보낸다. 어차피 견뎌내야 하는 시간, 유예된 시간이 주는 선물이라 생각하고 친구와 리스본Lisbon으로 여행을 떠난다.

오를리Orly 공항에서 비행기가 이륙하고 나서 창밖을 내려다보다가 뭔가 달라진 걸 느낀다. 오래전 현비와 제주도 가는 비행기를 탔는데 돌풍 때문에 착륙하지 못하고 상공에 떠 있다가 연료 부족으로 회항한 적이 있다. 비행기가 심하게 흔들릴 때마다 아이와 같이 추락하는 상상은 나를 공포에 떨게 했다. 그 이후, 비행기를 타면 잠이 쏟아져 이륙하는 걸 거의 본 적이 없다.

말짱한 정신으로 비행기가 이륙하는 걸 보는 것이 몇 년 만인지 모른다. 대체 이 평안함은 뭔가. 죽음과의 대면에서 생긴 싸움꾼의 맷집일까.

리스본 시내를 산책하다가 우연히 오래된 성당에 들어간다. 몇백 년 전 성당의 화재 흔적이 세월에 마모되어 신비한 음영을 드러낸다. 모든 것을 파괴하고도 건재한 시간이라는 이름의 신, 그 성스러움에 고스란히 압도 된다. 성당 안을 채운 촛불, 흔들거리는 염원이 환청처럼 들린다. 부서지기 쉬운 허약한 존재, 사람들은 신으로부터 기도를 구한다.

성당 안쪽에 검은 옷을 차려입은 노파가 초에 불을 붙이는 모습을 본다. 물방울이 떨어져 바위의 형태를 바꾸듯 노파의 등은 기도하는 자세로 굽어 있다. 노파의 기도는 사랑일 것이다. 나는 신의 기적보다 굽은 노파의 등, 그 사랑을 믿는다.

6월의 리스본 저녁 하늘은 매혹적이다. 꿈꾸며 흘러가듯 리스본의 골목을 걷는다. 4년 전 여름 리스본에 왔을 때 안경을 잃어버려서 보이지 않는 도시를 여행했다. 한 귀가 들리지 않으면 나머지 귀 청력이 예민해지듯 리스본 구석구석 세세한 골목까지 기억하고 있다는 사실에 놀란다. 작가 페소아는 '인생이란 우리가 인생에 대해 품는 생각'이라고 말했다. 리스본도 병도 그것에 대해서 품는 우리의 생각이다.

우연히 들어간 알파마Alfama 지역에 음식 축제가 열렸다. 골목마다 숯불 연기가 자욱하다. 알파마 골목의 명물 정어리 바비큐 냄새를 맡고 길고양이처럼 흥분에 들뜬다. 굵은 소금에 절여 숯불에 구워진 정어리는 미각이 주는 만족감의 극치다.

코발트색 저녁 하늘, 아스라한 골목 불빛, 느닷없이 만난 리스본의 골목 축제, 덤으로 얻은 시간의 선물이 황홀하다. 나는 지금 어느 방향을 향해 가는 것일까? 질문은 아무런 파문도 없이 그냥 사라진다. 대신 잔잔한 행복감이 리스본 골목 저녁 공기와 함께 나를 감싼다.

동맹.

2년 전 스페인 여행을 갔다가 산에서 미끄러지며 손목이 부러져 수술하고 난 뒤, 난생처음 깁스를 했다. 그해 여름, 세상에 깁스를 한 사람이 그렇게 많다는 사실을 발견하고 깜짝 놀랐다. 그리고 깁스 한 사람들 사이에 동료의식이 생긴다는 것도 알게 되었다.

"아. 당신은 풀려면 몇 주 남았어요? 전 일주일 남았는데, 건투를 빌어요."

"괴롭지요? 조금만 참으세요."

버스 안에서 처음 보는 여자는 나에게 스스럼없이 이런 인사를 건넸다. 전쟁이 그렇듯 인간은 어려운 상황일수록 동맹을 만든다.

늦은 오후, 길모퉁이에서 약국 마드모아젤을 만난다.

초록색 눈을 가진 젊고 상냥한 동네 약사는 혼자 딸아이를 키우며 산다. 평소처럼 길거리에 서서 안부를 나누다가 그녀가 유방암 치료를 받는다는 사실을 알게 된다. 그리고 그녀가 평소처럼 쾌활하다는 사실에 용기를 얻는다. 그리고 아직은 괜찮다는 그녀의 말에 위안을 받는다. 그녀도 그랬기를 바란다. 그녀와 헤어지며 말한다.

　"암이 무슨 유행성 독감인 줄 알겠어요!"

죽음을 사랑하는 건,
동시에 인생을 사랑하는 것이죠 。

옛날부터 누군가의 부고 소식을 접할 때마다, 고인이
자기 죽음을 어떻게 받아들였는지 궁금했다. 1996년 세
상을 떠난 프랑수아 미테랑 대통령은 죽음에 관한 한 베
테랑이었다. 오랜 암 투병이 그를 죽음 가까이에 살게 했
지만, 죽음에 매료된 사람처럼 무덤을 순회하며 명상했
고, '어떻게 죽는가?'라는 질문에 집요하게 매달렸다.

병원 대기실에 앉아 삶에 대한 단서를 찾듯 미테랑의
인터뷰를 읽는다.

한 작가가 장소를 선택해서 그 땅에 묻히는 것은 작품을 이
해하는 열쇠가 되기도 하죠. 베르나노스가 묻힌 곳은 눈에
도 띄지 않는 조그만 공동묘지였어요. 말라르메도 아주 작

은 마을에 묻혔고요. 퐁텐블로Fontainebleau 근처 사모로의 무덤 위 깨진 꽃병에 든 마른 꽃을 기억해요. 오베르 쉬르 우아즈Auvers-Sur-Oise에 묻힌 고흐, 어쩌면 그런 곳이 팡테옹 Panthéon 신전보다 더 나을지 몰라요. 세상을 만든 사람들의 몸이 어디로 갔을까 하는 질문은 정말 나에게 관심이 있어요. 죽음을 사랑하는 건, 동시에 인생을 사랑하는 것이죠.

미테랑은 죽기 전까지 암을 철저히 숨겼지만, 죽음에 대한 열정을 숨기지 않았다. 그는 죽음이 평범한 존재를 부름 받은 존재로 만들 수 있다고 생각했고 죽음은 일종의 성취라고까지 믿었다.

그런 믿음은 그에게 평온함을 가져다주었다. 오케스트라 지휘자처럼 자신의 장례식을 착실하고 빈틈없게 준비했다. 종교적 믿음을 갖지 않았지만, 죽음에 대한 호기심과 신비에 희망을 품은 불가지론자였다. 그는 그 호기심을 삶과 바꾸었다.

1996년 1월 초, 미테랑은 쇠약해진 몸을 이끌고 가족들과 이집트 여행을 마치고 돌아와 주치의에게 물었다.

"투약하지 않으면 어떻게 되나요?"

"죽게 됩니다."

"그럼 투약을 중지해주세요."

3일 뒤 그는 세상을 떠난다. 그리고 유언대로 고향인 자르나크Jarnac에 묻힌다.

그는 몽테뉴의 말을 마지막으로 인용했다.

이곳에 왔을 때처럼, 일말의 후회나 괴로움 없이 여길 떠난다Je pars sans le moindre soupçon de regret ou d'amertume, aussi tranquillement que je suis venu.

행복은 부끄러운 것이 아니라, 영리한 것.

스톡홀름Stockholm 대학으로 연수를 떠난 단비는 혼자 보내는 시간이 심심한지 어렸을 적 사진을 보내달라고 한다.

사진첩을 열다가 옛날 생각에 잠긴다. 단비는 어렸을 적 장난감을 가지고 논 적이 별로 없었다. 노래 부르고 춤추는 걸 좋아했다. 새로운 음식을 보면 그걸 먹는 사람이 어떤 맛을 느끼는지 빤히 쳐다보다가 그 음식을 먹었다. 식성이 좋았고 가리는 음식이 거의 없었다. 대여섯 살 적에는 "난 행복해Je suis heureuse!"란 말을 달고 살았다.

몇 달 전에 한 주 동안 있었던 이야기를 조잘대다가 차에서 내리며 말했다.

"난 지금 너무 행복해!"

옛날과 비교하면 '지금 너무'라는 수식어가 붙은 셈이다. 나이가 들수록 행복은 유전적 요소에 좌우되고, 슬프거나 불행해지는 기질처럼 행복해지기 쉬운 기질도 타고나는지 모른다는 생각을 하게 된다.

행복해지기 쉬운 기질을 가진 사람들은 행복을 위해 고통을 감내하는 능력도 발달한다. 단비는 새벽까지 센강변에서 춤추고 놀다가도 두어 시간 자고 첫 수업을 절대 빼먹지 않고, 괴롭지만 해야 하는 일을 항상 먼저 해치운다.

어렸을 적부터 단비는 맛난 걸 마지막으로 먹기 위해 접시에 남겨두는 습관이 있다. 결정에 무척 단호한 편이고, 아주 놀랍게도 복잡한 생각에 감정적으로 얽매이지 않는다. 잘못한 게 있다고 생각하면 재빠르게 시인하고 깨끗하게 사과한다. 타인에 대한 배려를 잘하는 편이지만 나처럼 휘둘리지 않는다. 〈행복하게 살기〉 이런 교과서가 있다면 예습 복습 마치고 세상에 나온 아이 같다. 단비를 보고 있자면 오르한 파묵이 책에 썼듯이 행복은 부끄러운 것이 아니라, 영리한 것이란 생각이 든다.

누가 이런 질문을 한다. 이런 자식을 두어서 행복하냐

고. 곰곰이 생각해도 모르겠다. 물을 주고 바람을 막아서 아이가 자랄 때 느꼈던 뿌듯함과는 전혀 다르게 자라는 한 그루 나무를 보는 기분이다.

열매가 주렁주렁 달리고 무성한 잎사귀를 만들어도 그건 이미 내 영광이 아니다. 아이가 성인이 된다는 건, 이제 숙제를 마치고 부모가 자신을 위한 시간을 가질 수 있는 여유가 생긴다는 의미다. 어쩌면 숙제를 잘 마친 기분 정도는 누릴 수 있겠다. 부모 사전에서 없애야 할 단어는 '희생'이다. 그냥 '책임'이라는 단어로 바꿔도 무방하다.

즐기는 걸 잊지 마세요.

아침 식탁, 눈길이 닿은 오렌지주스 라벨에 인쇄된 글귀를 읽는다.

인생은 하나뿐이죠.

영수증으로 구매를 증명할 수 없으니 교환도 할 수 없고,

동네 슈퍼에 바꾸러 갈 수도 없어요.

가까이에 둘 수 있는 괜찮은 사람들을 찾으세요.

엄마에게 비주를 해주고, 고모에게 고양이를 선물하세요.

조깅하고, 외출하고, 줄넘기를 하세요.

하루에 30분은 웃어요.

가끔 잔디에서 구르는 것도 잊지 마시고요.

솔직히 말하면, 그냥 하고 싶은 대로 하고 사세요.

작년 여름 아일랜드를 여행했던 기억이 난다. 더블린 Dublin에 도착한 다음 날, 렌터카를 찾으러 사람들이 북적거리는 시내를 가로질러 가야 했다. 길눈 밝은 올비가 가던 길을 멈춰 서서 지도를 자꾸 들여다본다. 방향을 잡지 못하는 것 같았다. 그때 우리 앞으로 걸어오던 한 노인이 올비 앞으로 다가서며 물었다.

"어딜 찾소?"

호리호리한 키에 코트를 입은 노인은 느긋하게 대답을 기다리면서 외투 안주머니에 들고 있던 지갑을 넣었다. 품위 있게 나이 든 노인처럼 잘 닳은 가죽 지갑이다. 올비가 지도에 있는 목적지를 보여주었다.

노인이 물었다.

"어디서 왔소?"

어딜 가냐는 질문 대신 어디서 왔냐는 질문에 올비는 경계하는 말투로 대꾸했다.

"프랑스요."

노인이 묻는다.

"혹시 프랑스 사람들이 더블린에 와서 제일 먼저 하는

말이 뭔 줄 알아요?"

우리 셋은 노인을 일제히 쳐다봤다. 두 손을 번쩍 들면서 노인이 외쳤다.

"비브 라 프랑스Vive la France(프랑스 만세)!"

사람들이 북적거리는 더블린 시내 한복판에서 의심 많은 프랑스 남자를 세워놓고 프랑스인을 꼬집는 농담으로 웃기는 노인이라니.

노인은 친절히 길을 설명해주더니 현비에게 몇 마디를 건넸다. 현비가 수줍은 표정으로 대꾸했다. 그때 나의 존재를 눈치챈 모양이다.

"이 여인은 누군가?"

"이 아이의 엄마이자 나의 아내입니다."

경계심이 사라진 올비가 부드럽게 대꾸했다.

"당신은 어디서 왔소?"

"남한이요."

"그곳은 좋은 곳이지요. 그럼 당신의 베이비요? 이 아이가?"

내가 웃는다.

노인이 말했다.

"어머니는 내가 어렸을 적에 어딜 가나 나를 '마이 베이비'라고 소개했어요. 열일곱 살이 넘어서는 화가 났어요. 그 베이비라는 소리가 그렇게 듣기 싫었는데."

노인이 어머니 이야기를 하는 걸 들으면서 아일랜드 영어는 악센트가 없고, 영어보다 부드러우며, 미국 영어보다 규격이 있다는 걸 느낀다.

노인이 우릴 놓아주듯 말했다.

"조심하세요. 어딜 가든지. 하지만 즐기는 것을 잊지 말고요."

제임스 조이스를 닮은 노인은 지팡이를 들고 거리의 인파 속으로 사라졌다. 더블린 시내 한복판에서 만난 유유자적한 노인의 이 한마디는 책 속에 밑줄 친 글귀처럼 남아 있다.

'조심하세요. 어딜 가든지. 하지만 즐기는 것을 잊지 말고요.'

세상에서 최고의 엄마가 되는 법。

단비가 스톡홀름에 있는 동안 단비 방 한가운데를 차지하는 책상을 자르기로 한다. 그랑제콜 마지막 해, 단비 인생에서 이제 공부의 비중도 그만큼 줄어든다.

오래전부터 집 공사를 도와주는 연변 아저씨를 부른다. 아저씨와 나의 집수리 오케스트라는 아주 좋은 편이다. 나는 아저씨가 일하는 걸 쳐다보면서 요령을 배우고 잔심부름하는 일이 즐겁다.

집수리는 항상 예상치 못한 복병들이 있다. 그는 난감한 문제에 부딪혀도 "개똥이야!", "젠장!" 이런 욕을 하지 않는다. 어떤 상황에서도 답을 찾을 거라는 자신감이 나를 든든하게 한다.

아저씨는 나와 도란도란 수다 떠는 걸 좋아한다.

"중국 인구가 몇 명인 줄 알아요? 물건 하나만 팔아도 그게 얼마겠어요?"

나는 중국도 연변도 잘 모르지만 그런 이야길 듣고 있다 보면 그 좋은 나라를 버리고 왜 여기서 이 고생을 하는 걸까 의아해하다가 금방 답을 찾는다.

'그리움이겠지……'

아저씨는 종종 자기 직업이 최고라고 한다. 파리 집수리 15년 명성으로 먹고살 만한 자신감이 생긴 것이기도 하겠다. 대사관 같은 데서 일한다고 갑질하는 한국 사람들에게는 "돈을 자루로 들고 와도 일 안 해줘요"라고 잘라 말한다.

아저씨의 연변 사투리를 듣고 있노라면 같은 한국말이지만 저토록 상냥하길 포기한 언어가 있을까 웃음이 나오곤 한다. 하지만 친절과 고객 서비스라는 이름으로 사물에까지 극존칭을 붙여 아첨하는 요즘 한국어보다 낫다.

아저씨는 옛날 연변에 살 때 가스를 틀어놓고 실수로 성냥불을 붙여 동네 집 다섯 채를 태워 먹고 겨우 살아난 사고뭉치 이웃을 '정신 나쁜 놈'이라고 표현했다. 할머니 집까지 몽땅 태워 먹은 그 어리석은 놈에 대한 분노가 어찌나 정직한지 웃고 말았다.

몇 년 전 아저씨는 멀리서 임종도 장례식도 가보지 못한 모친의 갑작스러운 죽음에 슬픔을 털어내듯 말했다.

"고생 안 하고 가 그나마 다행이오."

언어가 메마른 건 삶이 척박하기 때문일지도 모른다. 그래서 장황한 슬픔보다 메마른 슬픔이 더 아프다.

아저씨는 단비 방 책상을 자르고 난 뒤, 삐걱거리는 현관문과 문고리까지 모두 고쳐준다.

"제가 노르망디Normandie에 메종 사서 같이 고칠 때까지 연변 돌아가시면 안 돼요."

아저씨는 대답 없이 웃는다. 오늘 그는 일을 끝내고 돌아가면서 돈을 받지 않는다. 그가 말한다.

"얼른 나아야죠."

나는 선물로 받은 시간이 고마워 얼른 담배 한 보루를 사다가 고마움에 보답한다.

견뎌야 하는 시간, 여백의 시간, 고통으로부터 훔친 시간에 케이크를 굽거나 공사를 하면 그 시간은 누군가를 위한 선물이 된다. 책상을 자르고 나서 단비에게 사진을 보냈더니 문자가 왔다.

세상에서 최고 엄마!

그 몇 초 동안 세상에서 최고의 엄마가 된 기분을 느낀다. 단비가 논문 구두 심사를 잘 마쳤다고 한다. 나도 축하 문자를 보내준다.

그 엄마의 그 딸!

　병원에서는 진통제 주사를 주기 전에 꼭 묻는다.

　"지금 느끼는 고통을 1에서 10까지 숫자로 하면 몇이라고 생각합니까?"

　간호사나 의사가 이런 질문을 할 때마다 나는 숫자를 정하지 못하고 망설인다. 무니아는 내 옆에서 귓속말로 말한다.

　"무조건 9라고 해야 해."

　하지만 결국 수치는 5를 넘은 적이 없다. 내가 지금 느끼는 고통보다 훨씬 더 큰 고통이 있을 것 같다. 장폐색이 왔을 때 나는 콜레라로 죽는 사람의 고통을 상상했다. 그런 이유 때문인지 고통을 잘 참는 편이다.

　사람마다 느끼는 고통의 정도가 다른 이유는 감지하

는 감각이나 신경의 차이도 있지만, 고통의 증폭제인 불안과 공포의 크기가 다르기 때문이다. 지금까지 살면서 느낀 가장 큰 불안과 공포는 국민학교 때 간호실에서 맞은 '불주사'라 불리던 천연두 예방주사였다. 예방주사를 맞기 전날 정말 무서워서 배가 아팠다. 전쟁이 나서 주사를 맞지 않게 되길 바랐던 적도 있다. 실제로 불주사가 그렇게 아팠는지 전혀 기억나지 않지만, 그 두려움과 공포만은 지금도 생생하다.

다행히 인간은 고통이나 두려움을 겪으면서 용기를 배운다. 스키를 타고 급하강할 때 불안이 덮치면 다리에 힘이 빠지고 속도를 제어할 수 없게 된다. 짧은 순간 선택해야 한다. 불안에 몸을 맡겨 다리 힘이 풀려 넘어지거나, 불안을 누르며 무릎에 힘을 더 주거나.

전기톱이나 드릴을 사용하는 경험도 비슷하다. 처음에는 굉음 소리와 빠른 속도로 움직이는 기계를 보는 것만으로도 오금이 저린다. 손이 잘리는 끔찍한 상상, 영화에서 봤던 두려운 장면들이 떠오른다. 그런데 누군가에게 도움을 요청할 때 감당해야 하는 괴로움이 그 두려움을 누를 때가 있다. 한 번 그 두려움을 떨치고 자유로움을 맛보게 되면 용기가 생긴다. 용기는 선택이고, 반복하면 습관이 되며, 습관은 우리를 지배한다.

고통이 그렇듯 즐거움도 사람마다 느끼는 정도가 다르다. 즐거움에도 맛을 음미하듯 면밀하고 섬세하게 느끼는 감각적인 기술과 습관이 필요하다. 삶을 맛보고 지각을 통해서 기쁨을 느끼는 방법은 터득된다. 고통을 줄이고 즐거움을 증폭시키는 건 유용한 삶의 기술이다.

내가 전기 드릴과 톱을 사용하기 시작한 뒤로, 올비는 전기 드릴 근처에 얼씬도 하지 않는다. 그도 나름대로 두려움을 떨치는 방법을 터득한 셈이다.

책은 단물이 잘 빠지지 않는다.

엘리베이터에서 가방 속에 책이 없는 걸 알고 다시 뛰어 들어간다. 급한 마음에 신발을 신고 방으로 들어간다. 그렇게 챙긴 책이라고 꼭 읽는 것도 아니다. 어딜 가도 책이 없으면 조금 불안할 뿐이다.

여행을 떠날 때, 이미 여러 번 읽어서 너덜거리는 책을 챙긴다. 아이들이 끌고 다니는 헝겊 인형 같다. 껌과는 다르게 좋아하는 책은 단물이 잘 빠지지 않는다. 침대 머리맡이든 가방 속이든 붙여놓고 언제든지 다시 씹을 수 있다. 아무리 좋은 영화도 서너 번 이상 되감아 보긴 힘들지만, 책은 그럴 수 있다. 그래서 책값은 절대 비싸지 않다.

나이가 들면서 다른 사람과 이불 나누어 덮는 게 힘들

듯, 책을 빌려주거나 빌려서 책을 읽는 것도 힘들어진다. 몇 년 전, 파리에 여행 온 지인이 내 책을 빌려 읽은 적이 있다. 내가 좋아하는 책《장의사 강그리옹》이 꺾여 바닥에 누워 있는 걸 보고 깜짝 놀라 책을 펴놓았다. 가슴이 쓰라렸다. 하지만 그녀는 내가 빌려준 책을 읽는 동안 가학을 멈추지 않았다. 책장이 꺾인 책을 몰래 다시 펴놓을 때마다 그녀를 미워했다.

K가 책을 빌려주며 말했다.

"이 책 너무 좋아할 거 같아요."

그녀가 빌려준 책을 펼치는데 이상하게 집중할 수가 없다. 마치 남과 같은 이불을 덮고 자는 기분이다. 문득 자려다가도 그 책이 잘 있는지, 어디 두었는지 확인을 해야 안심이 됐다. 위탁받은 아이도 아니고 그냥 돌려주어야 할 것 같다.

빌린 책을 읽다가 구석에 적힌 메모를 발견하면 누군가의 비밀스러운 생각을 훔쳐보는 기분이 든다. 이불은 온전히 마음대로 휘감고 구르면서 자야 하고, 책은 눈치보지 않고 줄 치고 메모하면서 제멋대로 읽어야 한다.

책에 밑줄을 긋기 위해 잘 깎인 연필 한 자루가 항상 내 옆에 있다. 책은 나에게 이야기가 아니다. 한 사람의 인생도 그 사람의 성공담이나 인생 역정보다 스타일에 더 관심 있는 편이다. 몽테뉴는 나와 책을 읽는 습관이 꼭 비슷했다.

난 책을 슬렁슬렁 읽지 자세히 파고들지는 않는다. 그렇게 읽고 났을 때 내게 남는 건 그 책의 내용 자체가 아니라, 그 책을 통해서 내가 판단한 것, 감동받은 것, 상상한 것뿐이다. 작가, 배경, 어휘들, 이런저런 상황들, 그런 것들은 당장에 잊어버리고 만다.

_ 몽테뉴

고통과 잘 지내기 。

맞은편에서 신호 대기를 하는 남자를 본다. 담배를 물고 있는 얼굴이 몹시 일그러졌다. 알코올 중독자 특유의 쾌쾌한 얼굴색을 가진 그는 요상한 입놀림으로 담배 연기를 내뿜고 있다.

혼자 중얼거린다.

"저렇게 사는 사람도 멀쩡하게 사는데, 나는?"

요컨대 인간은 사건에 반드시 인과관계가 있을 거라고 믿는 경향이 있다. 환자의 생활습관이나 성격이 암의 원인이라고 생각한다. 그래서 암이라는 병과 함께 죄의식과 두려움을 얻는다. 모든 교통사고의 원인이 모두 음주운전은 아닌 것처럼 증명할 수 없는 미신 같은 생각일 뿐이다. 몽테뉴는 젊은 시절 쾌락에 맞서 자신을 지켰고,

병이 생긴 뒤 절제에 맞서 자신을 지킨다고 말했다.

6차 항암치료가 끝난다. 이제 반을 넘긴 셈이다. 몸의 부작용도 심해진다.

의사에게 묻는다.

"횟수가 늘수록 힘들어지나요?"

"사람에 따라 달라요."

결국 바보 같은 질문이었다. 산 중턱에서 나머지 반을 올라가는 건 더 큰 고통이리라. 병실로 들어가면서 문득 병원의 불빛이나 소독약 냄새를 맡는 순간 알 수 없는 행복감을 느꼈던 느낌을 추려낸다. 가만히 그 느낌을 뒤적이면 아이들이 세상에 나온 날의 아스라한 기억들이다. 항암치료는 암세포와 같이 그런 달콤한 기억을 파괴한다.

"물을 많이 마셔요."

의사가 말한다.

"물에서도 공기에서도, 온통 항암제 냄새뿐인 걸요."

어차피 피할 수 없는 고통에 몸을 내준다. 아침에 일어나면 고통도 따라 일어나고, 하루 종일 쫓아다닌다. 온전히 자기만 봐주길 원하기 때문에 책도 읽지 못한다. 그럴 때면 침대에서 죽은 척 같이 시간을 보낸다.

누군가 올려놓은 멋진 레스토랑 코스 요리 소개 영상을 보다 잠이 든다. 꿈속에서 그 많은 코스 요리를 하나씩 다 먹었다. 구역질도 고통도 꿈속까지 들어오지는 못했다. 아침에 일어났더니 놀랍게도 생생한 맛이 입안에 그대로 남아 있다. 25만 원짜리 코스였으니 잠을 자면서 돈을 번 셈이다. 올비는 내 꿈이 잘 맞는다며 로또 번호를 봤냐고 묻지만, 그는 모른다. 내 꿈이 로또였다는 걸.

죽음에 대한 두려움을 극복하는 경험。

국민학교 저학년 때의 기억이다. 가족들과 북한산성 계곡으로 물놀이를 갔는데 사촌오빠가 따라왔다. 나는 사촌오빠를 별로 좋아하지 않았다. 이목을 끌기 위해 과장하는 목소리가 무척 거슬렸고 웃을 때마다 금니가 번쩍거리는 것도 싫었다.

사촌오빠는 그날 수영을 가르쳐주겠다며 나를 깊은 계곡으로 데려가서 물속에 집어 던졌다. 아마 내가 물속에서 코르크 마개처럼 올라올 줄 알았던 것 같다. 나도 그러길 원했지만, 몸은 바닥으로 자꾸 가라앉았다. 허우적거리며 올라오려고 할 때마다 물을 들이마셨다. 물에 빠져 죽는 공포를 처음 느꼈다. 물속에서 발버둥쳤던 시간이 얼마나 지났는지 알 수 없다.

인간은 의식으로는 알 수 없는 생존의 감각이 있다. 물속에서 간신히 빠져나왔을 때 그는 팔짱을 끼고 웃고 있었다. 누군가 죽이고 싶은 증오심을 처음 느꼈다. 지금도 수영할 때마다 발이 닿지 않는 깊이에 들어가면 그 공포가 되살아난다.

몇 년 전, 아이들 수영 수업을 참관하다가 코치가 수영장 바닥에 쇠고랑을 던져 놓고 아이들에게 집어 올리는 놀이를 시키는 걸 봤다. 바닥에서 올라올 줄 아는 훈련이 물의 깊이를 두려워하지 않는 방법이라는 걸 이해했다.

두려움은 대부분 두려움에 대한 상상에서 온다. 죽음의 가능성을 마주하는 경험은 수영장 바닥으로 내려가는 체험과 비슷하다. 그건 존재의 무기력함이 아니라, 죽음에 대한 두려움을 극복할 수 있는 경험일 수 있다.

물의 깊이를 두려워하지 않으면 바다나 호수에서 수영을 할 수 있다. 죽음의 두려움을 직면하고 바닥에서 올라올 수 있다면 자유로운 삶을 사는 힘을 얻을 수 있다. 그런 의미에서 암이라는 병은 삶에 의미를 부여하는 동기로서 죽음의 새로운 면을 보게 만든다.

용기란 이런 것 。

간호사인 친구 파스칼은 내가 혼자 항응고제 주사를 놓는다는 말을 듣더니 깜짝 놀란다.

"너 참 용기 있다. 나는 무서워서 절대 내 몸에는 주사를 못 놔."

두려움 때문에 간호사가 주삿바늘을 찌르지 못한다는 말에 웃음이 나왔다. 물론 나도 허벅지에 스스로 주삿바늘을 꽂는 일이 가능하다고 생각해본 적은 없다. 죽어도 못 한다는 생각은 그럴 것이라는 추측일 뿐이다. 왜냐하면 우리 모두 아직까지 죽어본 경험이 없으니.

병실에서 마틴이 말한다.

"사람들은 용기라고 하지만 솔직히 말하면 이게 무슨 용기겠어요? 선택이 없으니 하는 것뿐이죠."

마틴의 말에 고개를 끄덕인다. 선택의 여지가 없으면 받아들이게 된다. 마틴의 간절한 소망은 결혼 50주년을 채우고 떠나는 것이다. 췌장암 말기 환자에게 5년은 보통 사람 50년보다 더 긴 시간이다.

"열아홉에 만나서 45년 동안 우린 한 번도 다퉈본 적이 없어요."

그녀는 생글생글 웃으면서 말한다. 암세포는 그녀의 상냥한 목소리를 망가뜨리지 않았다. 사랑하는 존재를 두고 떠나는 슬픔을 슬그머니 웃음으로 바꾸는, 이를테면 용기란 이런 것이다.

인생에 위안이 되는 것들。

구토증을 가라앉히는 약을 먹으면 계속 잠으로 굴러
떨어진다. 멀미약과 비슷하다. 오늘은 졸음과 구토증이
같이 기승을 부린다. 이런 날은 햇빛도 힘들어 덧창을 내
린다. 늦은 오후, 현비가 방안에 들어와 내 옆에 눕는다.
긴 손가락으로 내 손가락을 감는다.

내가 말한다.

"피아노 좀 쳐줘. 피아노 소릴 들으면 기분이 좋을 것
같아."

"좀 전에 엄마 방해하지 않으려고 헤드폰 쓰고 내 방에
서 쳤는데."

"아냐, 아냐. 그건 무효야. 거실 피아노로 쳐달란 말이
야."

"벌써 쳤어. 안 돼."

나는 슬픈 표정을 짓는다. 순전히 우리 둘만의 게임이다. 현비가 웃음을 터뜨린다. 작전에 걸려들지 않겠다고 단단히 벼르는 표정이다. 나도 계속 떼쓰는 표정을 짓는다. 치사하지만 사탕으로 위협하면 가끔은 통한다.

"그렇게 사탕을 많이 사다 줬는데."

"엄마 그건 말이지. 위협이고 협박이야."

현비는 이렇게 말하면서 간지럼을 못 참듯 웃는다.

나는 이 게임에서 져본 적이 없지만, 오늘은 조금 불안해서 그냥 포기하기로 한다. 현비의 보드라운 손가락에 입을 맞춘다.

얼마나 지났을까? 그 사이에 또 잠이 들었나 보다. 피아노 소리가 멀리서 들리는 듯하다. 나른한 행복, 쇼팽의 야상곡을 들으며 저 부드러운 손길과 미소를 바라보는 것만큼 인생에 위안 되는 것이 무엇일까 헤아린다.

인생에 눈금 긋기 。

한번은 피레네Pyrene에 있는 클라라Clara라는 산골 마을에 간 적이 있다. 산 어귀에서 마을로 올라가려면 마주 오는 자동차를 아슬아슬하게 비껴가야 하는 좁은 도로를 타고 4킬로미터 정도 올라가야 한다. 30여 채의 메종이 모여 있는 마을에는 작은 종탑, 그리고 종탑보다 더 작은 시청이 있다. 마을 한가운데는 반세기가 지나도 버스가 오지 않을 것 같은 텅 빈 정류소가 있다. 한낮에는 개 한 마리가 마을 입구를 어슬렁거리고, 해 떨어진 저녁에는 고양이가 어스름한 골목을 지킨다.

소음과 완전히 두절된 피레네 산기슭, 이 마을에 골칫거리는 바로 종탑이었다. 정확히 15분마다 종탑에서 종이 울린다. 마을을 뒤흔들 정도로 큰 종소리가 12시가 되면 '뗑~ 뗑~' 거짓말처럼 12번 울린다. 이런 조용한 마을에서 사람들이 대체 15분마다 울리는 종소리를 견디고 사는 이유는 뭘까? 한밤중에 울리는 종소리를 견디며 잠이나 잘 수 있단 말인가?

일주일이 지나자 놀라운 사실을 발견했다. 이 종소리는 신비한 마력이 있어서 한밤중에는 얼씬도 하지 않고, 수면에서 빠져나오는 새벽녘에는 꼬무락거리는 의식을 기분 좋게 건져 올려주었다.

게다가 종소리가 한 시간을 어김없이 사분의 일로 잘라서 알려주기 때문에 15분 전에 내가 무엇을 했는지, 지금 무엇을 하고 있는지, 15분 뒤에는 무엇을 할지 집중하게 만든다.

암이라는 병도 비슷하다. 피레네의 종소리처럼 내 인생에 눈금을 긋는다. 병이 생기기 전과 그 이후로 자르고, 그 이전에 나는 무엇을 했는지, 지금 무엇을 하는지, 그리고 앞으로 무엇을 할 것인지 사색하게 만들며 사는 일에 집중하게 만든다.

다른 이유가 없는 행복。

　사람들은 우리의 말투와 인상이 닮았다고 한다. E와 나는 말하는 속도와 생각하는 속도가 비슷하다. 그것 말고도 하찮은 것과 중요한 것을 분류하는 방식이나 영화를 좋아하는 취향, 그다지 여성스럽지 않은 것, 욕망하는 것과 욕망하지 않는 것들이 비슷하다. 같이 지낸 세월 때문에 비슷해졌는지, 우리가 서로 비슷해서 오랜 세월 친구로 지내게 된 것인지는 모르겠다.

　E는 나를 언니라고 부른다. 외국에서 사는 두 사람에게 조금 어색한 호칭이지만 가족 같은 관계가 형성된 건 어쩌면 이런 호칭 때문일 수도 있다. 우린 20대에 같이 유학을 시작했고, 몇 년 뒤 그녀는 독일에 정착했다. E는 파리에 오면 친정에 오는 기분이라고 한다. 그 기분을 어

렴풋이 알 것도 같다.

베를린에서 날아온 친구와 여행을 떠난다. 치료와 검사를 피해서 떠나는 5일, 단출한 둘만의 여행이다. 노르망디 바닷가에 메종을 빌린다. E는 집을 고르는 나의 안목을 믿는다. 결혼이든 우정이든 협업보다는 분업을 잘하는 게 중요하다.

"파리에서 겨우 두 시간이면 바닷가에 도착한다는 사실을 잊고 산다는 것이 신기해."

운전하며 중얼거린다. 젊음이 용기와 치기 중간쯤에 있던 시절, 쿨럭거리는 수동 변속 렌터카를 운전해 처음 노르망디를 여행했다. 그 시절엔 "언니, 돋보기가 없이는 샴푸인지 젤인지 읽을 수조차 없어", "난 말이야. 아침마다 일어날 때면 손가락 마디가 쑤셔"와 같은 20년 후의 대화를 상상이나 했을까?

언젠가는, 하며 깜깜한 창고에 넣어둔 잡동사니를 꺼내서 처분해야 하는 시간이 온다. 미래에 대한 막연한 기대감이 사라지는 건 즐거움을 미루지 않는다는 의미이기도 하다. 어쩌면 암이라는 병은 언제라도 우리가 세상을 떠날 수 있는 사람처럼 살아야 한다는 걸 깨우치게 해준다.

콜빌쉬르메르Colleville-sur-Mer에 도착한다. 근처 항구에서 데커레이션 숍을 운영하는 부부가 소유한 저택에 딸린 작은 메종은 아늑하다. 일상과 습관의 때가 묻지 않은 익명의 공간이 주는 쾌적함이 있다.

우린 배를 타고 노르망디의 긴 운하를 따라 나가기도 하고, 항구에 나가 불꽃놀이도 본다. 아무런 계획을 세우지 않고 기분 내키는 대로 움직이고 산책한다. 관계의 편안함은 일종의 공기 같다. 나이들수록 친구는 자유만큼 소중하다는 것을 깨닫는다. 관계는 생물 같아서 결코 노력으로만 얻어지지 않는다. 그래서 서로에게 편안한 존재로 늙어가는 건 일종의 선물이다. 오랜 세월 한 사람이 겪는 변화는 누구도 점칠 수 없기 때문이다.

노르망디 바닷가는 화려한 저택도 리조트용 호텔도 없다. 자연의 일부분, 그저 광활한 바다일 뿐이다. 한적한 바다 풍경이 주는 휴식. 지난가을 이탈리아 아말피Amalfi 해변의 좁고 검은 모래사장에 사람들이 젖은 빨래처럼 늘어져 있는 풍경을 보고 도망치듯 빠져나왔던 기억을 떠올린다.

해변에 생긴 넓은 웅덩이에 바닷물이 들어오고 거울처럼 하늘을 비춘다. 그 위로 파도가 덮쳐 하늘이 쓸려가는 광경을 바라본다. 마음이 고요하다. 내가 완전히 사라지고 자연의 일부가 되는 느낌이 이런 것인가 보다.

일몰이 시작되는 바닷가, 길게 늘어서서 저녁 식사를 기다리는 물새들과 산책하는 사람 몇뿐이다. 한 노인이 모래 웅덩이에서 무언가를 캐고 있다. 다가가서 보니 맨질맨질한 조약돌 모양의 조개를 잡아 작은 플라스틱 통에 담는다. 호기심에 얼른 내 발밑의 모래를 헤쳐본다. 정말 보드라운 조개가 손에 잡힌다.

노인에게 조개를 건넨다. 그때 물새 한 마리가 부리를 열고 소리치며 노인에게 다가온다. 노인이 물새에게 조개를 던져준다. 서로에게 익숙한 움직임이다. 물새는 감쪽같이 조개를 날름 먹어 치우고 내 쪽으로 다가오더니 느닷없이 내 다리를 쪼았다. 부리의 힘, 그 확신에 찬 생명력이 어찌나 사나웠는지, 나는 포유류인 것을 잊고 '끼악끼악' 소리치며 달아난다. 창피함을 느낀 건 잠시 후였다.

일요일 늦은 오전, 항구 마르셰marché에 간다. 화창한 여름날 바닷가에 선 시장에는 들뜬 분위기를 즐기러 나온 사람들로 출렁거린다. 이런 마르셰에는 즉석에서 캐러멜에 땅콩을 볶아서 파는 좌판이 있다. 달착지근한 캐러멜 향이 펀 페어 축제 분위기를 돋운다. 낯선 여행지에서 아이들을 데리고 마르셰를 구경 다녔던 기억이 캐러멜 냄새에 섞여 가슴 안쪽에 아련하게 스친다. 문득 알 것 같다. 바로 그 기억이 바로 내 인생이라는 걸.

마르셰의 과일 좌판에서 색깔이 진하고 단단한 체리를 하나 몰래 맛본다. 탄탄한 과육에서 나온 과일즙이 입안을 가득 채운다. 파리에서는 맛볼 수 없는 체리 맛이다. 500그램을 산다. 돈을 쓰면서 횡재한 기분이 든다면 그게 바로 최고의 소비다.

항구에 즐비한 카페와 레스토랑을 따라 걷는다. 항구 끝에 고기잡이배들이 어획한 해산물을 파는 시장이 있다. 나는 우리를 기쁘게 해줄 해산물을 정확하게 안다. 해산물을 좋아한다고 어렸을 적 "어부랑 결혼하라"는 말을 자주 들었다. 어부 아내의 삶은 이루지 못했지만 바닷가에 사는 삶이 아직 끝나지 않았다. 우리가 준비한 화려한 만찬이 끝난 다음 날, 남은 해물로 끓인 라면 맛에 감동한다.

"노르망디에서 해물라면 집이나 할까?"

이런 상상을 하면서 먹는 해물라면은 맛있다. 그 순간만큼은 노르망디에서 해물라면 가게를 차리는 것만이 인생 최고의 해답인 것 같은 기분이 든다.

노르망디의 여름은 고등어 철이다. 항구에서 출발하는 통통배를 타고 바다낚시를 하러 간다. 항암 부작용 때문에 햇빛을 피하라는 의사의 주의사항이 어렴풋이 떠오른다.

낚싯대가 휘어지는 순간, 두 손으로 끌어올리기 힘들 정도로 살이 오른 고등어를 낚는 순간, 직사광선도 항암치료도 더 이상 걱정거리가 아니다. 아가미에서 미끼를 빼는 동안 손바닥 안에서 고등어가 요동을 친다. 엄청난 힘이다. 다시 낚싯대를 물속에 던진다. 바닷물 안쪽에서 움직이는 고등어떼를 들여다본다. 나는 조심하는 것보다 잘사는 것이 우선이었다. 살아 있는 동안 내 습관은 바뀌지 않으리라.

바다낚시에서 낚시꾼이 잡은 물고기는 공평하게 나뉜다. 비닐백에 담긴 고등어는 혼자 들 수도 없을 만큼 무겁다. 지금 누군가 내 소원을 묻는다면, 주저하지 않고 노르망디에서 여름 한철을 보내는 것이라고 대답하겠다.

파리는 40도를 웃도는 폭염 경보다. 뜨거운 오븐 속으로 돌아가 항암치료를 받아야 한다. 하지만 미리 고통을 가불할 이유는 없다. 행복이란 그저 두 가지 성가신 일 사이에 일어나는 사건일 뿐이니.

박하 향처럼 맑은 공기를 들이마신다. 노르망디의 바닷바람에 생각을 씻는다. 갖가지 고통과 괴로운 순간을 뺄셈하다 보면 딱 하나 남는 것이 있다. 존재의 행복 말고, 다른 이유가 없는 행복.

매일 누군가는 병에 걸리고,
누군가는 죽는다。

    항암치료를 받으러 가는 아침, 집 앞에서 나를 태우는 무니아의 표정은 매번 소풍 가는 아이처럼 들뜬다. 세상에 존재하는 다양한 맛 중에서 무니아는 즐거운 맛 위주로 느끼는 사람이다. 병원 대기실에서 커피를 마시며 소곤거릴 때마다 나는 무니아가 웃다가 커피를 뿜을까 봐 조심스럽다.

    간호사가 내 이름을 부른다. 진료 전에 몸무게, 심장박동, 체온 같은 것을 재야 한다. 체온계에서 '삐' 소리가 나면 내가 얼른 숫자를 말한다.

    "36.6."

    "하하. 36.7이야."

내가 맞히면 그녀가 지는 게임, 간호사가 오늘은 자기가 이겼다며 웃는다. 나이 지긋한 간호사가 독신이라는데 내기를 걸면 나도 이길 자신이 있다. 환자와 간호사는 가까이 접촉하면서 서로의 성격이나 기질을 냄새 맡는 감각이 발달한다. 그녀는 소탈하고 친절하다. 환자를 편안하게 해주는 재능이 있다. 나는 때때로 간호사가 투덜거리는 의료 시스템에 대한 불만을 들어주고 맞장구친다. 이것도 환자의 재능이다.

항암치료 병실에서 뮤리엘을 만난다. 그녀는 내가 병원에서 만난 암 환자 중 가장 젊다. 아직도 풍성한 머리칼과 통통한 몸집을 가진 뮤리엘이 완치 불가능한 췌장암 환자라는 걸 믿기는 힘들다.

뮤리엘은 나를 보자마자 일러바치는 말투로 말한다.

"좀전에 닥터 에르부웨가 잘라 말했어요. 수술 후 생존율은 5퍼센트도 되지 않는다고."

뮤리엘도 대부분의 췌장암 환자들처럼 발견했을 때 이미 수술을 할 수 없을 정도로 암이 진행된 상태였다. 오늘 뮤리엘은 새로운 췌장암 치료 기술이 나온 신문 기사를 의사에게 보여주었는데 의사는 일말의 희망조차 주지 않았다고 말한다.

"비인간적이라고 생각해요. 안 그래요?"

고개를 끄덕인다. 한국의 한 지인은 어머니가 암에 걸린 것조차 모르고 죽어가게 내버려두었다. 노쇠한 어머니에게 충격을 주지 않는 것이 그들에게는 인간적인 선택이었다. 아픈 진실보다 거짓 희망이 인간적이라고 말할 수 있을까?

절망적인 확률에서 희망을 건지고 싶은 환자의 바람은 건강을 담당하는 의료 기술의 영역이 아니다. 시작부터 어긋난 질문과 대답이다.

뮤리엘은 병원에서 주는 간식을 먹으면서 손대지 않은 내 식판을 힐끗 보며 말한다.

"나는 항암치료를 하면서 식욕을 잃어본 적이 없어요. 머리카락도 조금 빠졌지만 괜찮고요."

암에 걸리기 전에는 뮤리엘도 누구보다 건강했을 거라 짐작한다. 파리에서 600킬로미터 떨어진 툴루즈Toulouse에서 올라온 뮤리엘의 언니는 구석 의자에 앉아 턱을 괸 채 자신에 찬 동생의 수다를 말없이 듣고 있다.

옆에서 지켜보는 가족의 고통은 그늘에 가린다. 사랑하는 사람을 잃는 고통만큼 큰 고통은 없다. 문득 고통이 온전히 내 몫이라 다행이다. 도와줄 수 없는 사랑하는 이의 고통을 쳐다보는 무기력한 고통보다 혼자 가늠하고 견디는 고통이 백번 낫다. 인간은 이기적인 동물이다.

뮤리엘은 핸드폰에 저장된 사진을 찾아 보여준다. 학사모를 쓴 그녀 뒤로 프랑스 최고 비즈니스 그랑제콜 HEC 로고가 빛난다. 야망과 노력과 의지로 모든 것이 가능한 것처럼 속인 건 인생이었을까?

뮤리엘은 병원을 바꾸겠다고, 가만히 앉아서 죽기만을 기다리지 않겠다고 말한다. 만약 5퍼센트 생존율이라면 어떤 결정을 하게 될까? 나는 알 수 없다. 매일 누군가는 병에 걸리고, 누군가는 죽는다. 우리가 건강하다는 건, 끊임없이 죽음에 도전 빚는 불안정한 상태라는 것뿐이다.

뮤리엘은 6시간 넘도록 침대에 등도 기대지 않고 꼿꼿하게 앉아 있다. 그녀의 수다는 잠시도 쉬지 않는다. 누가 봐도 뮤리엘은 건강해 보인다. 절망스러운 건 그녀의 암세포도 그녀만큼 건강하다는 것이다.

아주 오래전부터 깊은 수면으로 떨어지기 직전에 의식이 잠든 육체에서 혼자 빠져나올 때가 있다. 깊은 수면에 가라앉은 육체에서 떨어져나온 의식이 갑자기 길을 잃는다.

이리저리 배회하는 의식은 언젠가 돌아갈 집, 육체가 소멸하는 상상을 한다. 그렇게 되면 의식 뒤에 단단히 느껴지는 '나'라는 존재는 어디로 간다는 말인가?

갑작스러운 죽음의 부조리와 공포가 잠든 육체를 흔들어 깨운다. 한밤중에 일어나 이방 저방 돌아다니거나, 두려움에 전율하면서 올비를 깨우는 증세가 사라졌다. 시누이 안느의 우울증이 사라진 것도 암에 걸린 뒤였다.

어쩌면 우리의 자잘한 병을 고치는 건 더 큰 병이다.

니체의 말이 맞다. 나를 죽이지 않는 모든 공격은 나를 강하게 만들어준다.

삶이 있는 한 죽음은 존재하지 않아요。

길 건너편에서 우리 아파트 5층에 사는 상냥한 노부인 마담 페루가 걸어온다. 옅은 선글라스를 쓴 그녀가 나를 알아보고 미소를 짓더니 길모퉁이 끝 햇빛으로 나왔다가 다시 그늘로 들어간다. 잠시 시간을 내서 수다를 떨겠다는 신호다. 내가 다가가자 반갑게 뺨 인사를 한다. 젊었을 때 상당한 미인이었으리라 짐작하지만, 웃는 모습이 여전히 매력적인 노인이다.

"봉주르, 마담 르그랑. 멀리서 당신을 알아봤어요. 짧은 머리가 너무 잘 어울리네요. 당신도 마음에 들지요?"

"그럼요."

겸연쩍은 기분에 나도 모르게 머리를 만진다.

"당신은 어때요? 잘 지내지요?"

"혹시 들었는지 모르지만, 작년에 전남편을 잃었어요. 그런데 그 충격으로 머리카락이 더 자라지 않아요. 지금 막 피부과에서 나오는 길인데 의사 말이 머리카락 구멍이 스트레스로 꽉 막혀 있대요."

마담 페루는 보드라운 은갈색 머리칼과 유난히 하얀 피부를 가졌다. 가까이서 보니 듬성듬성 빠진 앞머리가 보인다. 유전적으로 대머리 여자는 존재하지 않지만, 머리카락이 빠지는 속도가 새로 나는 속도를 앞지른다면 그녀나 나나 대머리가 되는 건 시간 문제다.

내가 말한다.

"저도 알아요. 여자들에게 머리카락은 머리카락 이상의 의미가 있다는 걸. 남편의 죽음이 당신을 완전히 충격에 빠뜨렸군요."

새 아파트로 입주했던 18년 전, 마담 페루는 막 이혼한 뒤였다. 그녀의 전남편은 집주인 회의에 참석하기도 하고, 그녀를 자상하게 돌봐주었다.

마담 페루는 벽에 팔을 걸치며 말했다.

"일 년이 지났는데 그의 죽음에서 헤어나오지 못하고 있어요. 우린 좋은 관계를 유지했었거든요. 당신도 알죠? 결혼이 두 사람만의 결합이 아니라는 걸?"

그녀는 나에게 동의를 구하듯 말했다. 마담 페루의 괴로움은 어쩌면 임박한 죽음의 불가피성에 대한 공포일지도 모른다는 생각이 든다.

"하지만 그는 오랫동안 고통을 받은 것 같지 않아요. 수건을 걸치고 욕실에서 나와 전화기를 든 채 쓰러져 있었어요. 그가 고통 없이 떠났다는 사실에 위안을 받기도 해요. 한번 생각해봐요. 암에 걸려서 고통받는 사람들, 그리고 그의 가족들이 받는 고통을."

"마담 페루. 병과 고통도 받아들이기 나름이라고 생각해요. 이런 말을 하는 건, 내가 항암치료 중이기 때문이기도 하고요."

마담 페루는 깜짝 놀라 금방이라도 눈물을 쏟을 것 같은 표정이 되었다.

"마담 르그랑. 아, 나는 당신이 잘할 거라는 걸 의심하지 않아요. 용기 있는 사람이라고 확신하니까요."

"잘하고 있어요. 마담 페루. 삶이 있는 한 죽음은 존재하지 않아요. 지금 이 순간을 잘 음미하면 그만이죠. 그렇지 않나요?"

마담 페루가 송곳니를 드러내며 웃는다.

"이럴 줄 알았다니까요. 내가 당신에게 위안을 받고 있다니. 당신 말이 맞아요. 정말이지 난 가끔 누군가 나를 흔들어 깨워야 할 때가 있어요."

마담 페루는 선글라스를 벗었다. 그녀는 마치 교황이 신도를 어루만지듯 두 손으로 내 뺨을 보드랍게 쓰다듬더니 양 뺨에 비주를 하며 나지막이 속삭인다.

"당신을 좋아해요."

7월 햇살이 등에 따스하게 닿는 걸 느낀다.

나는 살아 있다。

　완벽한 인생도 없고 완벽한 여행도 없지만, 바캉스를 위해 완벽한 날씨가 존재하는 곳이 있다. 카나리 섬 Canary Islands의 날씨는 27도, 선선한 바람이 불고 하늘은 구름 한 점 없이 파랗다. 밤하늘에는 산기슭에 있는 메종 지붕 위로 은하수가 보인다.

　사하라 사막을 마주보고 있는 카나리는 스페인령의 화산섬이다. 시속 40킬로미터 이상을 달릴 수 없는 산기슭으로 난 좁은 도로 옆으로 펼쳐진 원시적인 풍경에 넋이 팔린다.

　산기슭에 드문드문 지어진 집들, 테라스 맞은편으로 보이는 거대한 협곡 뒤로 해가 떨어진다. 정원에는 라임 오렌지, 포도, 알로에가 자란다. 소음이라곤 말벌과 파리, 그리고 바람 소리뿐이다. 습기 없는 척박한 땅에 햇빛 하나로 자라는 생명이 경이롭다. 태양이 아낌없이 축복을 내려주는 땅.

사하라를 마주보는 이 섬에서는 대서양을 앞에 두고 느닷없이 사막이 펼쳐진다. 굽이치는 모래언덕이 절경이다.

가도 가도 끝이 없는 사막에 가는 꿈을 꾼 적이 있다. 바람이 만든 모래언덕의 완만한 곡선은 경이롭다. 뜨거운 모래 속으로 발이 빠지는 언덕을 걷는 동안 길을 잃을까 하는 두려움이 생긴다. 길이 없는 곳에서 길을 잃는 상상만으로 두려움이 생기는 건 닦인 길을 걷는 습관의 잔해이리라.

모래언덕에 바람이 날린다. 자연이 만드는 기하학적인 아름다움을 사진에 담는다. 사막의 부드러운 모래언덕 위, 뜨거운 태양 아래 아득한 정적 말고는 아무것도 없다. 발바닥으로 뜨거운 모래 감촉을 느낀다.

나는 살아 있다. 항암제의 화학 성분이 일으키는 몸 안의 부작용도 사막 언덕의 뜨거운 태양처럼 피할 수 없다. 하지만 고질적인 항암 부작용, 구역질과 배탈로 불편한 것만 빼면 나는 건강하다.

어디서 날아온 모래가 검은 화산섬에 이토록 하얀 모래언덕을 만들었을까? 건너편 대륙의 사하라 사막에서 날아온 것일까? 모래언덕 끝에 대서양이 있다는 말이 믿기지 않는다.

　뜨겁게 내리쪼이는 태양, 사막은 끝이 보이지 않는다. 저 멀리 언덕에서 걸어오는 남녀가 보인다. 그들은 완전히 옷을 벗고 있다. 신기루처럼 비현실적인 풍경이다.

　얼마를 걸었을까? 약속처럼 짙은 코발트색 대서양이 갑자기 펼쳐진다. 따가운 햇빛과 약물에 지친 몸을 바닷물에 씻긴다. 땅 위에 발을 딛고 사는 인간의 고단함……. 파란 하늘을 쳐다본다. 대서양의 거센 파도는 모든 소음을 삼킨다. 내면의 소음조차도. 세상과 멀어지는 이 고요함.

　세상 어디를 가도 인간은 자기와 닮은 자식을 만들고, 자기와 닮은 애완견을 산책시킨다. 숲길을 걷다가 솔방울 차기를 한다. 솔방울을 가장 멀리 차는 사람이 이긴다. 아무리 이기려고 해봤자 소용없다. 어떤 게임을 하든 단비가 이긴다.

　구불구불 좁은 산길을 타고 숙소로 돌아간다. 라디오

에서는 기분 좋은 음악이 흘러나온다. 'I'm hooked on the living……' 가수는 인생에 매료되었다고 노래한다. 현비가 뒷좌석에 앉아 내 손을 잡고 노래를 따라부른다. 이국적인 풍경과 섞이는 옛날 음악, 젊은 시절 들었던 음악을 아이가 따라 부르고 있다. 아이는 성인이 되고, 나는 점점 작아진다.

눈을 감는다. 아이들은 행복한 유년을 보냈다. 예의 바르고, 비겁하지 않다. 온전한 사랑을 받은 아이들은 거만하지 않다. 나는 그것이 내 인생의 성적표라도 되는 양 만족스럽다. 병은 내가 가진 것들의 소중함을 상기시켜준다.

풍경을 사진에 담고, 걷고 또 걷는다. 숙소에 들어오면 아페리티프apéritif를 마시며 카드 놀이를 한다. 성가신 파리들을 쫓아내며 저녁을 만드는데 21세기 마지막 히피같이 생긴 주인 페르난도가 와인을 갖다준다. 전혀 알아들을 수 없는 스페인어 대화 속에서 내가 읽을 수 있는 건 천진한 그의 웃음뿐이다.

날짜가 지날수록 피부색이 짙어진다. 작렬하는 햇빛만 있으면 식물이 자라듯, 카나리 섬의 강렬한 햇살이 내 몸과 영혼을 치유해준다.

바람 소리, 말벌 소리, 한밤중에 지붕 위로 은하수가 흐르고 별똥별이 스러진다.

멈추어라

순간이여,

너 참 아름답구나

4.

여행의 이유.

항암치료가 끝나고 친구가 사는 베를린으로 간다. 일상의 시시콜콜한 책임과 결정이 필요하지 않은, 완벽한 휴식의 시간이다. 오를리 공항에서 비행기를 타자마지 독일어 기내 방송이 들린다. 일상이라는 옷을 벗어놓고 낯선 곳으로 떠날 때마다 스미는 편안함, 죽음도 이럴까?

문득 작년에 대장암으로 죽은 아네스의 친구 프랑수아즈가 떠오른다. 친구들은 프랑수아즈를 팡팡이라고 불렀다. 무용교사였던 팡팡에게서 암이 발견됐을 때 이미 간과 폐로 전이된 상태였다.

팡팡이 세상을 떠나고 몇 개월 뒤, 그녀가 열광적으로 좋아했던 가수 조니 할리데이도 죽었다. 새 아내에게 천문학적인 재산을 몽땅 물려준 조니, 친자식의 재산 소송

기사가 조니 할리데이의 죽음보다 오랫동안 뉴스를 달궜다. 팡팡과의 결혼은 38년 동안 아름다운 기억 그 자체였다고 말했던 그녀의 남편에게 새 여자친구가 생겼다는 소식을 듣는다.

잘린 나뭇가지에서 새로운 싹이 생기듯, 상처에 새살이 나듯, 상실의 슬픔은 채워진다. 슬픔에 결박당하지 않게 시간은 인간에게 망각을 선물한다. 우리는 삶이 주는 치유 능력을 믿어야 한다.

한 시간 반 뒤, 베를린 테겔Tegel 공항에 도착한다. 친구가 게이트에 먼저 도착해서 기다리고 있다. 오랜 친구는 유행을 타지 않는 캐시미어 스웨터 같다. 치장하기 위한 옷이 아니라 가장 나를 자연스럽고 편하게 만들어주는 스웨터. 세월이 지나도 모양이 변하지 않고 따뜻함을 잃지 않는, 예측 불허 인생에 그런 존재를 옆에 둔다면 조금은 성공한 삶이다.

친구는 내가 한 번도 손톱이나 발톱을 손질해본 적이 없다는 걸 알고 네일숍에 밀어 넣는다. 30분 뒤, 생전 처음 반짝거리는 발톱을 슬금슬금 쳐다보면서 걷는다. 갑자기 내 인생은 비즈니스 클래스로 업그레이드된다. 평소에 전혀 쓰지 않는 근육을 위해 뒤로 걷는 기분이다.

사비니플라츠Savignyplatz 근처를 혼자 산책한다. 글자체로 비유하자면 베를린은 무표정하고 군더더기 없는 헬베티카다. 넓은 보도에 울창한 가로수, 천장 높은 아파트, 도시나 아파트의 아름다움이 기능과 구조적이라는 면에서 장식적 세리프가 있는 파리와 다르다.

이런 생각을 하다가 로터리에서 길을 잘못 드는 바람에 출발 장소로 되돌아온다. 한 시간 넘는 길을 돌아가느라 발이 부르트고 아팠다. 갑자기 조급해지는 마음을 얼른 잡아 타이른다. 급한 약속도 없고, 마음만 먹는다면 어느 곳이든 유유자적한 산책이 될 수 있다.

서른여덟에 현비를 낳으면서 얻은 시간은 인생이 준 감미로운 포상 휴가였다. 병으로 얻게 된 시간도 자연스럽게 즐긴다면 영혼을 위한 휴식의 시간이 될 수 있다. 길거리 테라스 테이블 위에 비치는 햇살을 보는 순간 맥주로 목을 축이고 싶다는 욕망이 되살아난다.

베를린에서 여름을 보내는 파리지앵 K와 S가 자전거를 타고 내가 있는 사비니플라츠로 온다. 베를린의 여름은 자전거와 젊은이들과 잘 어울린다. 서른 넘은 나이에 키가 자라는 사람이 없다는 걸 알지만 나는 오랜만에 K

를 볼 때마다 키가 자랐냐고 묻는다. 그녀는 아닐 것이라고 대꾸한다.

K와 S는 작가다. 풋풋하다는 형용사가 꼭 어울리는 그들은 그 나이 때 나보다 훨씬 현명하다. 나는 무엇이 나를 행복하게 해주는지 잘 몰랐다. 지금은 조금 알 것도 같다. 현명한 친구들을 갖게 되면 조금 더 행복해진다. 그리고 나이와 관계없이 선량하고 우아한 존재와의 친밀감은 인생에서 소중하다는 것도.

우린 200시시 날렵한 슈탕에 잔에 맥주를 시킨다. 맥주가 미지근해지기 전에 마시라는 합리적인 독일 사람들의 배려다. 맥주가 혀끝을 톡 쏜다. 병은 몸을 리셋한다. 익숙한 습관이 바뀌는 것도 그중 하나다.

그들은 크레타Creta 섬으로 떠나는 계획을 이야기한다. 여행 가방 하나만 달랑 들고 낯선 도시로 떠날 수 있는 그들의 단출한 청춘이 부럽다. 청춘은 앞을 보고, 노인은 뒤를 돌아본다. 나는 그날그날 살아간다. 지금 나의 계획은 여기까지다.

K는 테이블에서 일어나려다가 조용히 미소를 지으며 말한다.

"행복하게 사는 것 같아요."

그 말을 듣고 기억을 더듬어본다. 우울한 기분을 느낀 적이 언제였던가?

저녁 무렵 친구와 베를린 시내로 드라이브를 나간다. 제임스 사이먼 갤러리 근처를 산책한다. 어둠이 깔리기 시작한 저녁 하늘에 새떼가 난다. 강물을 가로지르는 다리 앞에서 한 남자가 기타 연주를 한다. 저녁 그림자에 모습을 감춘 남자의 연주곡이 넓은 광장을 채운다. 멀리 보이는 다리 위로 기차가 달리고 카페 불빛이 강물에 비쳐 흔들린다. 남자의 슬픈 연주곡이 강물 위로 흐른다.

처음 컴퓨터 단층 촬영을 하기 위해 맞은 주사약이 불과 몇 초 만에 온몸으로 번지는 속도에 깜짝 놀랐다. 심장 펌프질이 그렇게 빨리 혈액을 순환시키는지 처음 알았다. 감동이 순식간 혈관을 타고 온몸으로 번지면서 눈물샘을 자극한다. 어쩌면 이런 우연의 순간을 만나기 위해 여행하고, 이런 순간을 위해 사는 것이 아닐까?

일주일의 휴식이 끝나고 테겔 공항으로 돌아가는 차 안에서 친구에게 말한다.

"며칠 전 나에게 두려움을 느낀 적이 있냐고 물었지? 드디어 생각이 났어. 공항에 도착할 때마다, 출발 날짜를 착각했는지 갑자기 두려움이 엄습해. 하지만 절대 비행기 티켓을 꺼내서 확인하지 않아. 왜 그런 줄 아니? 어차피 늦었다는 것을 알기 때문이지."

농장의 오후 。

　오래전 누군가에게 항암치료가 "초가집에 있는 벼룩을 잡기 위해 폭탄을 터뜨리는 것"이라는 말을 들었을 때, 그 비유가 이찌나 생생했던지 정말 초가집이 활할 타는 모습을 상상했다. 그런데 실제 2차 세계대전 때 이탈리아 항구에서 폭탄이 적재된 미국 비행기가 폭파되면서, 그 폭탄에 노출된 피해자들의 혈액 수치가 급격하게 떨어지는 것을 발견하고 혈액암 환자들의 치료제로 쓰이기 시작했다는 글을 읽는다.

　초가집이 타는 정도는 치료마다 사람마다 다르다. 머리카락이 빠지고 손톱 색깔이 변하고 손바닥과 발바닥에 반점이 생긴다. 간은 항암제를 걸러내느라 지방간으로 변한다. 메슥거림 때문에 평소 입도 대지 않는 아이스

크림이 먹고 싶지만, 아이스크림을 입에 넣는 순간 아이스가 혀에 닿는 감촉에 깜짝 놀란다. 모든 차가운 표면에 손가락끝을 댈 수 없다. 체중이 빠진다. 인간의 몸에 폭탄 재료를 투하했으니, 먹고 걸을 수 있다는 것만도 다행스러운 일이다.

항암치료가 끝나고 6일째가 되면 마시는 물에서 나는 약 냄새가 사라진다. 약물치료 하는 동안에는 걱정은커녕 자질구레한 일상적 고민조차 사라진다. 몸을 돌보는 정신의 배려다.

몸이 살아나면 정신이 제일 먼저 바깥으로 뛰어나간다. 무니아와 파리에서 동쪽으로 50킬로미터 떨어진 뤼텔Rutel 농장에 간다. 직접 수확하고 무게로 달아서 과일과 채소를 파는 농장이다. 수레를 끌고 들판으로 나간다. 따가운 9월 햇살이 약물에 지친 육체를 부드럽게 감싸준다. 벌판 한가운데서 고개를 들고 눈을 감는다. 햇살이 살갗에 스미는 촉감이 따사롭다. 암이라는 병은 고통을 주는 대신 이런 순간 짜릿함을 선물로 얹어준다.

밭고랑 사이에서 익은 토마토를 딴다. 몸을 숙이지 않아도 땅에서 풍기는 토마토의 진한 향을 맡을 수 있다.

색깔과 무게가 묵직한 토마토를 골라 딴다. 사과나무에 열린 큼직한 사과를 따서 한입 깨문다. 쫙 소리를 내며 쪼개지는 단단한 과육, 신맛과 단맛이 적당히 섞인 과즙이 입안에 가득 찬다.

"바로 이 맛이야, 무니아! 사과에는 사과 맛 이상의 무엇이 있거든."

사과를 따면서 무니아에게 옛날이야기를 해준다.

"어렸을 적에 아버지는 항상 간식 봉투를 들고 귀가했어. 밤마다 이불 밑에서 귀를 쫑긋 세우고 아버지를 기다렸거든. 아버지는 호령하며 대문을 열어젖혔는데 내복 차림으로 뛰어나가 아버지 품 안에 있는 노란 봉투를 채서 들었어. 그 간식 봉투가 무료한 일상의 피날레였거든."

한겨울 홍옥 사과를 내복에 쓱쓱 닦아서 베어 먹었던 기억과 함께 아버지의 술 취한 농담 중 다리 밑에서 나를 주워왔다는 이야기를 하는데, 갑자기 무니아가 깔깔대며 웃는다.

"다리 밑은 그나마 시적이기라도 하지. 나는 쓰레기통 옆에서 주워왔다고 했단 말이야."

시대의 가난은 나라마다 비슷한 얼굴이다. 모로코에

서 자란 무늬아도 공기놀이를 했고, 손끝에 봉숭아물을 들였다. 우린 흡사한 기억이 마치 만남의 운명적인 징표라도 되는 양 흥분해서 소릴 지른다.

수확한 과일과 채소를 잔뜩 실은 손수레를 끌고 벌판을 가로지르다가 프랑스에서 보기 힘든 코스모스에 화들짝 시선을 뺏긴다. 코스모스를 볼 때면 가슴 한쪽이 아리다. 어린 시절 코스모스가 한들거리는 신작로에서, 쨍한 햇빛 아래 바람이 느닷없이 서늘해지면 가슴에서 '쿵' 하고 떨어지는 소리가 들렸다.

치마 밑으로 드러난 맨살 정강이에 서늘한 바람이 스치면 밑도 끝도 없이 싸하게 지나가는 슬픔, 가을 들판 코스모스는 상념을 고이게 한다. 노스탤지어는 가을 햇살과 같이 살갗으로 스며든다. 우리는 이렇게 과거를 소환해서 다시 산다.

손수레에 가득한 채소와 과일은 계산대에서 돈을 치르고 나눠 갖는다. 친구와 같이 수확한 기억도 기분 좋게 나눠 갖는다.

미라벨 파이 。

올비는 자신이 받고 싶은 생일선물 리스트를 꼼꼼히
정리하는 남자다. 내 성격과 가장 멀리 떨어진 꼼꼼함에
끌려 결혼했지만, 24년 넘는 결혼 생활에서 나를 가장
화나게 만드는 것도 바로 그 꼼꼼함이다.

세월은 내 성격을 어느 정도 꼼꼼하게 만들긴 했지만,
근본적으로 꼼꼼함을 거부하는 기질은 바뀌지 않았고
올비의 꼼꼼함은 24년 동안 훨씬 면밀해졌다. 인간의 기
질은 결혼이라는 장치에 수십 년 동안 구겨 넣어도 형태
와 질이 절대 변하지 않는다는 점에서 놀랍다.

올비가 보내준 '받고 싶은 생일선물 리스트'에는 '9월
한 달 동안 미라벨 파이 구워주기'가 있다. 미라벨 파이?
그것도 한 달 동안? 어림없는 일이지. 선물 리스트에 있

던 조르쥬 페렉의 플레이아드pléiade 판을 주문하고 기다리는데, 목요일 아침 마르셰에 갔다가 미라벨이 보이자 슬그머니 산다.

미라벨이라는 노란 서양 자두가 나오는 건 9월 한 달 뿐이다. 미라벨을 사는 건 순전히 파이용이다. 나와 아이들은 미라벨 파이를 그다지 좋아하지 않는다. 현비는 아빠가 미라벨 파이를 좋아하는 건 프루스트의 마들렌처럼 어린 시절 어떤 기억과 연관이 있으리라고 추측하는데 어쩌면 그럴지도 모른다.

미라벨 파이를 만들려면 파이 반죽을 만들어 냉장고에 넣고 미라벨 씨를 제거한다. 어림짐작 100개 정도의 미라벨을 반으로 잘라야 한다. 문득 중얼거린다. 나는 왜 이 긴 시간을 재단에 바쳐 파이를 만드는가?

남편의 생일선물로 미라벨 파이를 만들지 않는다고 아무도 나를 야단칠 사람은 없다. 칭찬 결핍일까? 타인의 사소한 기대를 저버리지 못하는 소심증인가? 내가 할 수 있는 일이라면 빨리 당장 해치우는 것이 정신을 유쾌하게 만든다는 것을 알기 때문이라고 해두자.

미라벨을 자르면서 올비를 생각한다. 며칠 전, 고친 유언장을 건네면서 읽고 동의 사인을 해달라고 했다. 손글

씨로 쓴 유언장이었다. 손글씨 연애편지를 못 읽어 전전긍긍했던 기억과 함께, 인생에서 연애편지와 유언장 사이 세월이 이토록 짧다는 사실이 서글펐다.

장송곡을 켜놓고 죽은 사람의 음성을 듣는 것처럼 몹시 우울한 기분이 들었다. 아무리 유쾌하게 쓴 유언장이라 할지라도 유언장은 슬프다.

나는 살아 있는 동안 유언장 같은 건 남기지 않으리라 마음먹는다. 어차피 죽은 뒤 남아 있는 사람들이 자기를 기억하면서 파티를 하든, 장례식에 흰색 옷을 입든 말든, 세상에 존재하지 않는 나와 무슨 상관이 있으랴. 진정한 의미에서 죽음을 준비한다는 건 어떻게 살 것인가의 문제이지 어떻게 죽는가의 문제가 아니다.

만약 올비가 먼저 떠나고 혼자 남는다면 미라벨을 볼 때마다 그를 떠올리겠지. 아마 그때 미라벨을 보면서 후회가 남는 것이 싫어 파이를 굽나 보다. 부부란 일상과 습관과 기질이 미세한 뿌리로 서로 얽혀 분갈이가 어려운 두 포기의 화초일 터인데, 어떤 이별이든 후회가 남지 않겠나.

우연적인 운명에 맡겨진 인간으로 태어났다는 사실을 절감할수록 한 땀 한 땀 걸어온 세월이 고맙다. 부엌 식탁 위로 가을 햇빛이 가득하다. 파이 반죽 위에 반으로 자른 미라벨을 차곡차곡 채운다.

낡은 것과 헤어지는 훈련。

　　모르방Morvan 시골집에 있는 바비큐 그릴이 너무 낡
아 시아버지 생일에 새것으로 사드리려고 했더니 시아
버지는 성한 데 한 곳 없는 낡은 그릴을 버릴 마음이 전
혀 없다. 애완견을 바꿔준다는 것도 아닌데. 나는 투덜거
리며 그냥 생일선물로 스웨터를 낙찰한다.

　　시골집에서 여름 바캉스를 보낸 시누이 안느는 창고
에 쌓인 잡동사니를 정리하려다가 시아버지의 반대에
부딪히고 만다. 물건에 담긴 추억 때문이었는지, 아니면
안 쓰는 물건을 버리는 행위와 유용성을 잃어가는 늙음
을 동일시해서였는지, 그는 일주일째 딸에게 무언의 시
위까지 하고 있다.

　　시부모님은 50년 넘게 파리 15구에 있는 아파트에 산

다. 요양병원이 아니라면 그곳에서 생을 마치게 된다. 반세기 넘게 한 장소에 산다는 것은 무엇을 의미할까? 아들이 입던 옷을 다려 첫 손주를 입히고, 그걸 다시 차곡차곡 챙겨 다른 손주에게 입힌다. 지하 창고의 아기 바구니는 증손주 차례를 기다리고 있다.

부모님은 어렸을 때부터 셀 수 없을 만큼 이사 다녔고, 가족 사진 한 장 변변히 간수하지 못했다. 어머니는 물건에 대한 특별한 애착도 없다. 어머니는 나이든 사람이 아프다는 말을 들을 때마다 그게 누구든 "고생하지 말고 얼른 돌아가셔야 할 텐데"라고 말한다. 물론 어머니 자신의 죽음도 자연스럽게 받아들인다. 나도 영정 사진을 골라주면서 장례 절차를 이야기한다. 태어나는 일처럼 죽음도 터부가 아니다.

시아버지는 생사를 가르는 문턱을 간신히 넘어왔지만, 집안의 잡동사니조차 정리할 마음이 전혀 없다. 낡은 바비큐 그릴을 버리는 것도 어려운데 익숙한 삶을 떠나는 일이 쉽겠나.

바닥이 헤진 올비의 실내 슬리퍼를 새 걸로 바꿔준다. 새 슬리퍼를 보며 화들짝 고마워하더니, 낡은 슬리퍼에서 시선을 떼지 못한다.

"일단 그 슬리퍼 버리지 마."

"새 슬리퍼가 마음에 안 들어?"

"마음에 들어."

새 옷을 사면 낡은 옷을 하나 버린다. 소실에 저항하는 건 엔트로피의 법칙에 역행하는 짓이다. 낡은 것과 헤어지는 것도 훈련이지 싶어서 슬리퍼를 휴지통에 몰래 버린다. 다행인지 불행인지 올비의 기억력은 물건에 대한 집착을 따라가지 못한다.

오베르뉴의 가을 풍경 。

"백혈구 수치가 너무 떨어져서 치료를 미뤄야 합니다."

에르부웨 박사가 혈액검사 결과를 보면서 미간을 약간 찡그린 채 말한다. 오로지 결승점을 향해서 달려왔는데 갑자기 골인선이 뒤로 밀려간 걸 보고 무릎에 힘이 빠진다. 나는 어떤 대가를 치르더라도 치료를 연장하고 싶지 않다고 말한다. 결국 백혈구 수치를 올리는 주사를 처방해준다.

올가을 햇빛은 유난히 그윽하다. 마지막 치료를 남겨두고 가을방학 맞은 아이들과 프랑스 중부 오베르뉴 Auvergne 지방 몽도르Mont Dore로 여행을 떠난다. 예약을 망설이는 올비에게 만약 아프면 혼자 집에 남겠다고 했는데 파리에서 내려가는 차 안에서부터 고열에 시달린다.

백혈구 수치를 올리는 주사약 부작용 같다. 목적지에 도 착했을 때, 뒷좌석에서 몸이 구겨져 일으킬 힘조차 없다.

아이들과 올비를 산책 보내고 침대에 누워 오후를 보낸다. 창밖으로 산이 보인다. 침실 창문으로 보이는 몽도르 산은 가을 색이 칠해진 캔버스 같다. 열 때문에 자꾸 잠에 빠져든다. 꿈속에서 음악을 듣다가 깨어나고 다시 꿈속으로 빠져들면 음악이 연결된다. 전파 방해 받는 라디오를 듣는 것 같다. 하루가 지나고 열이 빠져나간다. 몸이 주섬주섬 기운을 차린다.

케이블카를 타고 도착한 곳은 상시Sancy 화산 분지다. 내 몸을 생각해서 케이블카를 타고 올라왔나 했더니 정상으로 향하는 무려 840개의 계단이 눈앞에 펼쳐진다. 아무 생각 없이 계단을 오른다. 중간에 계단이 가팔라지고 심장이 터질 듯 꿍꽝거리고 다리가 후들거린다. 현비가 옆에서 손을 잡아준다. 한참 뒤에 사진을 찍으면서 따라온 올비가 묻는다.

"대체 왜들 그렇게 빨리 올라가는 거야?"

"너무 괴로워 빨리 끝내고 싶어서."

"이해할 수 없어. 천천히 올라가면 힘들지 않고 풍경도

감상하고 좋을 텐데."

힘겹게 계단을 오르며 생각해보니 나는 천천히 즐길 줄 아는 게 전혀 없다. 책을 읽는 것도, 밥을 먹는 것도, 쇼핑하는 것도, 쉬지 않고 항암치료를 받는 것도, 부서질 것 같은 몸을 끌고 다람쥐처럼 정상을 향해 올라가는 것도.

유희와 쾌락을 건질 줄 모르고 숙제를 끝내듯 사는 습관도 어리석다. 누가 그 이유를 묻는다면 이렇게 대답하겠다.

"정상에 올라가는 데 아무런 야망도 없고, 사서 하는 고생은 빨리 끝내고 싶을 뿐이거든요."

남프랑스, 스페인, 이탈리아의 불볕더위 속 산꼭대기 트레킹 코스로 우릴 끌고 다녔던 올비를 얼마나 원망하면서 여름 바캉스를 보냈던가? 그런데 어느 장소에서든 혼자 정상을 향해 줄달음치고 있는 사람도 나다.

1,886미터 퓌이 드 상시Le Puy de Sancy 정상에 오른다. 잘린 절벽과 빙하 권곡이 펼쳐놓은 장엄한 파노라마 앞에서 전날 아팠던 기억조차 아득하다. 착한 모범생 같은 몸, 문득 이런 장관을 보게 허락한 몸에 고맙다. 몸은 엄살 부리지 않고 여기까지 따라왔다. 몸과 정신은 하나라고 하지만 그렇지 않다. 긴 계단을 내려오면서 생각한다.

잠깐 빌려 사는 몸과의 임대차 계약, 나는 몸에 좀 더 친절해져야 한다. 군말 없다고 머슴처럼 무시하거나 박대하지 말아야 한다.

사흘째, 전동 기차를 타고 두 번째 화산을 오른다. 편편한 화산 꼭대기, 해가 비치는 쪽에는 행글라이더를 타는 사람들이 모여 있다. 고공을 나는 꿈을 되살리면서 하늘 나는 기분을 상상한다. 추락하는 두려움 없이는 허공을 나는 짜릿함도 없겠지.

화산 정상의 반대편은 구름에 가려 있다. 구름 속을 지나다가 희미한 무지개를 발견한다. 동그라미 형태의 작은 무지개 가운데 사람 실루엣이 보인다. 가만히 들여다보니 그 실루엣의 주인은 나다. 기적을 보는 것만으로는 충분하지 않은 의심 많은 베드로처럼 사진을 찍으며 생각한다.

'어쩌면 나는 정말 운이 좋은지도 몰라.'

엔지니어인 단비는 이런 현상을 과학적으로 설명해준다. 기적을 반만 믿듯, 과학도 반쯤만 이해하기로 한다. 산에서 내려가면서 다시 두 번째 무지개를 본다. 이번에도 나는 아무에게 말하지 않는다. 나 혼자 두 개의 무지개를 본 셈이다.

가을색으로 갈아입은 활엽수는 그야말로 색깔의 잔치다. 나는 오베르뉴의 가을 풍경에 정신을 위탁한다. 목가적인 들판과 호숫가 숲길, 머릿속으로 끊임없이 괴테의 문장을 되뇌고 있다.

'멈추어라 순간이여, 너 참 아름답구나!'

폭포를 보기 위해 숲길을 지나간다. 촉촉한 습기와 달착지근한 공기, 숨을 깊이 들이쉰다. 자연은 그 자체만으로 아름답다. 우리가 자연에서 배우는 건 단순하지만 어쩌면 그것뿐인지도 모른다. 삶도 슬픔과 고통을 밀어내는 스스로의 힘이 있다. 용기나 의지가 아닌 생명이 가진 속성이다. 스피노자는 그것을 '코나투스Conatus'라고 말했다.

숲길을 내려오다가 옆에 선 현비가 얼른 자리를 바꾼다. 오른편에 사람을 두고 걷는 사소한 나의 습관을 기억해주는 아이, 무지개가 행운의 징조라면 그런 존재와 같이 걷고 있는 건 그냥 행운이다.

몽도르를 떠나기 전 사탕 코너에서 젤리 사탕을 사서 현비에게 준다.

"해피 할로윈!"

함박웃음을 지으며 현비가 내 손에 입을 맞춘다. 발아 된 적이 없는 내 안의 다정함을 일깨운 존재, 어떤 날은 다가와서 조용히 안부를 묻고 어떤 날은 그냥 가만히 내 옆에 누웠다. 7개월 동안 보드라운 손으로 나를 토닥토 닥 쓰다듬어주면서 사춘기 소년이 청년으로 변했다. 그 렇게 우린 각자 인생의 한 챕터를 넘긴다.

나만의 뒷방。

언제부턴가 똑같은 집이 나오는 꿈을 꾼다. 내가 사는 집인데 지금 사는 아파트가 아닌 오래된 옛날 양옥이다. 집의 구조는 꿈을 꿀 때마다 조금 바뀌지만, 안채는 똑같다. 몇 해 동안 여러 번 꿈을 꾸어 이젠 내 집처럼 구석구석 익숙하다. 아래층에는 아주 넓은 마루가 있고 아무도 쓰지 않는 방 두 개가 있다. 그리고 더 안쪽, 뒷문과 연결된 곳에 옛날 한옥처럼 부엌이 딸린 안채가 있다.

허름한 곳이 약간 무섭기도 하지만 손질만 하면 쓸만한 공간이 많다. 주물처럼 내 손을 기다리고 있는 공간, 그래서인지 안채에 서면 마음이 설렌다. 내가 그 꿈을 부르는 것일까, 아니면 그 꿈이 나를 부르는 것일까?

어제는 드디어 꿈속에서 연변 아저씨를 부른다. 내려

앉은 천장, 움푹 파진 벽, 공사가 많다. 연변 아저씨가 묵묵하게 내 주문을 듣는다. 그리고 몇 년 만에 드디어 집 공사를 시작하기로 한다.

꿈에서 깨어나서는 문득 허전한 기분이 든다. 욕망을 잃어버린 허전함이다. 욕망과 권태 사이를 시계추처럼 왕복하는 것이 인생의 숙명이라면 미완의 꿈, 설렘과 소망이 있는 이루어지지 않는 꿈을 선택하겠다.

백 년 동안의 마라톤。

주변에 올해 백 세가 된 부모나 조부모가 있는 친구가 적어도 셋쯤 있다. 그분들은 요양병원도 아니고 심지어 혼자 살고 계신다.

아네스는 자기와 어머니 나이를 더하면 친구인 우리 넷의 나이를 합산한 숫자보다 많다며 자조적인 농담을 한다. 아네스는 파리에 살면서 스트라스부르Strasbourg에서 혼자 사는 어머니를 보러 기차 타는 일이 고생스럽지만, 어머니가 백 년 동안 뿌리 내렸던 생활 터전을 바꾸는 건 불가능한 일이라고 한다. 이들에게 살아가는 방식은 삶과 동의어다.

아네스의 어머니는 아직도 브릿지 게임 클럽에 나가고, 가끔 도움을 받아 외출하기도 하지만 잠을 많이 잔다고 한다. 완전히 갓난아이 리듬으로 돌아간다며 놀랐더니, 아닌 게 아니라 기저귀를 차고 한밤중에 일어나 간식을 먹는다고 했다. 자연은 완만하게 매일 조금씩 우리의 상태에 익숙하게 만든다. 그렇게 자연스럽게 퍼지는 노화라는 질병을 받아들이고, 죽음조차 고통스럽지 않게 받아들이게 만든다.

2층에 사는 이웃인 마담 프리바의 아버지는 올해 백 세다. 백 세가 된 노인이 오를레앙Orléans에서 파리까지 혼자 기차를 타고 움직인다는 말을 듣고 깜짝 놀랐더니 마담 프리바는 나에게 비밀을 털어놓듯 말했다.

"글쎄, 아버지가 늙긴 늙은 거 같아요. 요즘은 텔레비전을 보면서 소파에서 꾸벅 졸기도 하네요."

내가 말했다.

"백 년 동안이나 달리는 마라톤인데, 그래도 막바지에는 조금 피곤하지 않겠어요?"

나의 비밀 갸토 레시피 。

아침에 슬그머니 일어나 초콜릿 케이크를 만든다. 케이크 실패 경험담이 내가 지금 만드는 초콜릿 케이크 레시피다.

현비 초등학교 시절, 방과 후면 가끔 단짝인 알릭스 집에 놀러 갔다. 아이들은 거실에서 놀고, 나는 알릭스 엄마 파트리샤와 부엌 탁자에 앉아 수다를 떨곤 했는데, 하루는 파트리샤가 아이들 간식을 만들어주겠다며 재료를 꺼내다가 물었다.

"너 요플레 갸토gâteau 알지?"

들어본 적도 먹어본 적도 없다고 했더니 깜짝 놀라며 '요플레 케이크' 만드는 방법을 알려줬다.

"아주 쉬워. 우선 플레인 요플레를 하나 넣는 거야. 그

빈 용기로 설탕을 하나 채우고, 버터도 용기 하나 정도, 밀가루는 세 개를 채워. 잊지 마, 1:1:1:3이야. 거기에 달걀 한 개, 베이킹파우더 적당히. 잘 섞어서 오븐에 30분 정도 굽는 거야."

파트리샤가 설명해주는 레시피는 간단한 것처럼 들렸지만 사실 그녀의 갸토는 그렇게 간단하지만은 않았다. 파트리샤는 오븐 속에 있는 케이크를 번번이 잊어버려 절망한 표정으로 반쯤 타버린 케이크를 꺼내는 일이 한두 번이 아니었다. 무언가에 집중하면 다른 것을 완전히 잊어버리는 타입이다. 몇 년 뒤, 그녀는 그림 가르치는 선생과 사랑에 빠져 남편과 아이들을 완전히 잊고 베니스로 떠나버렸다.

나는 파트리샤의 가르침대로 요플레 케이크를 만들었다. 단 걸 좋아하지 않아서 설탕은 용기 반만 채웠고, 퍽퍽할 거 같으면 밀가루를 반으로 줄였다. 그렇게 내 요플레 갸토는 조금씩 보드랍고 말랑한 나만의 케이크가 되었다. 오븐에서 새어 나오는 갸토 향기는 케이크보다 더 달콤했고, 방부제 섞인 간식을 아이들에게 먹이지 않아도 된다는 자부심을 채워주었다.

어떤 날엔 거기에 초콜릿을 녹여서 섞어봤다. 아이들

이 환호했다. 또 어느 날은 밀가루 넣는 걸 잊어버렸다. 오븐에서 나온 형체를 알 수 없는 케이크를 먹은 뒤 올비가 말했다.

"내가 먹은 초콜릿 갸토 중에 최고야."

실수가 창조의 어머니라는 걸 나는 갸토를 구우면서 배웠다. 얼마 전, 현비가 집에 놀러 온 친구와 케이크를 먹으며 노닥거리는 소릴 들었다.

"엄마가 서울에 있을 때 초콜릿 갸토 레시피를 보내달라고 문자를 보냈는데 다짜고짜 '너 어디니?' 하고 묻는 거야. 집이라고 했더니 엄마가 바로 전화를 했어. 난 엄마가 불러주는 레시피를 받아 적었지만 아무도 알아볼 수 없는 레시피였어. '대충', '조금', 양이 정확한 게 하나도 없었다고."

올비가 그 말을 듣더니 말했다.

"그런데 네가 만든 갸토는 정말 최고였어."

인간뿐 아니라 갸토도 진화할 수 있다는 이야기다.

발레리의 메트로놈 。

습관적으로 약속에 늦는 사람들이 있다. 타인의 시간을 묶어두고 아무렇지 않은 심리적 메커니즘을 아직도 나는 이해할 재간이 없다.

중학교 3학년 때 지수라는 친구가 있었다. 동교동 버스정류장 앞에서 만나기로 약속을 했는데 당산동에 사는 친구는 한 시간이 넘도록 나타나지 않았다. 한겨울 추위에 곱은 손으로 공중전화 다이얼을 돌렸을 때, 전화를 받은 건 지수의 가족이 아니라 지수였다. 그녀는 아주 담담한 목소리로 "집에서 이제 막 출발하는 길"이라고 했다.

나는 가끔 지수라는 친구를 생각한다. 깨끗한 피부에 생머리가 찰랑찰랑했고, 이름처럼 지적인 분위기를 풍겼던 여자아이. 한겨울 누군가를 길거리에 세워두고 미안함을 전혀 느끼지 않았던 공감 능력은 성인이 된 그녀의 삶에 어떤 영향을 주었을까?

　발레리는 나와 비슷한 나이에 문화적으로 비슷한 취향을 가졌고, 비슷한 나이 또래의 아이들, 그리고 시시콜콜한 사생활을 공유하는 친구다. 발레리가 사는 아파트와 우리 집은 걸어서 대략 6분 거리다. 우린 이런저런 이유로 일주일에 한 번 이상 만나는 약속을 하게 된다. 약속을 지키는 일이 불가능에 가까운 그녀. 그러니까 나는 일 년에 적어도 일흔 번 넘게 거리에서 그녀를 기다리는 셈이다.

　정육점에서 주인이 고기를 자르면 그램 수를 칼같이 맞추고, 시계를 보지 않고 시간을 맞추는 일 같은 건 나에게 전혀 어려운 일이 아니다. 나는 발레리와의 약속에 일부러 5분 정도 늦게 나간다. 약속 시간에 일부러 5분을 늦는 일은 나에겐 무척 고통스러운 심리적 노동이다. 5분 아니라 10분 늦게 나가봐도 그녀가 약속 장소에서 나를 기다리고 있는 일은 없다. 호흡을 가다듬고 마음을 비우고 기다리다가 전화를 걸면 발레리는 항상 똑같은 대답을 한다.

"응, 나가려고 신발 신고 있어. 지금 몇 시지?"

그걸 왜 나한테 묻니? 아니다. 가끔은 계단을 내려오고 있다고 대꾸할 때도 있다. 길거리에 서서 초와 분을 삼키고 있을 때, 전혀 서두르는 기색 없이 공작부인처럼 우아하게 걸어오고 있는 모습을 볼 때마다 자신에게 타이른다. 누구나 단점은 있는 법이야. 이 친구 장점도 많잖아. 하지만 그 순간 내 머릿속에는 어떤 장점도 떠오르지 않는다.

발레리는 나에게 뺨 인사를 하면서 이렇게 말을 한다.

"아, 글쎄 일층 입구에서 경비를 만났지 뭐니."

길에서 기다리고 있는 나라는 존재를 홀라당 까먹은 증거들을 듣는 동안 나는 몹시 거북하다.

한번은 발레리가 자기 집에 저녁 초대를 했다. 그녀는 혼비백산이 되어버렸다. 손님들을 앉혀놓고 파스타를 삶는다고 했을 때, 난 그녀가 파스타를 제시간에 물속에서 건질 수 없을 거라고 예측했다. 누군가 그녀의 늦는 습관에 불만을 표시했을 때 발레리가 이런 말을 했던 것을 기억한다.

"사람들은 왜 쿨하지 못하게 좀 늦는 걸 가지고 안달하는지 몰라."

나는 안달하지 않고 기다렸고, 예상대로 발레리는 파스타를 제시간에 건지는 일을 잊었다. 나에게 괴로움을 주는 건 퉁퉁 부은 파스타를 삼키는 것보다 길모퉁이에서 그녀를 기다리며 원망을 삼키는 일이었지만, 발레리가 특별히 나에 대한 존경심이 부족해서일 거라고 생각해본 적은 없다. 피아노 전공자인 발레리가 박자에 맞춰 건반을 눌렀다는 사실을 떠올릴 때마다 기이한 생각이 든다.

　'발레리의 메트로놈은 확실히 태엽 장치에 문제가 있었어.'

　'맞아. 결국 그래서 피아노를 하다가 그만두었을까?'

　철학은 그런 상황에서 분노하지 않는 방법을 재고하게 만든다. 기대에 부응하지 않는 벽에 분노하는 자신을 분석하게 만들고, 그 분노를 피하고자 단단한 벽의 구성물을 분석한다.

　'맞아, 발레리는 유전자 조합 문제 때문에 시간과 공간을 찾는 데 오동작을 일으키는 거야. 이 친구는 시간뿐 아니라 공간과 방향 감각도 전혀 없으니 말이지. 아냐. 어쩌면 문제는 천정기관의 이상 때문인지도 몰라. 만월이 되고 바다에 물이 들어오는 시간, 일 년에 한두 번씩

그녀가 느끼는 어지럼증도 그런 이유일 거야.'

내가 화가 나는 건 엄격한 기대치를 상대에게 적용하기 때문이다. 그러니까 그 기대감을 버리면 된다. 이런 주문을 외우고 문장을 중얼거린다. 하지만 약속 장소에 나타나지 않고 꿈에서 깬 듯 "지금 막 신발 신고 있어, 근데 지금 몇 시니?"라는 목소리를 들을 때면 번번이 나는 실망의 나락으로 굴러 떨어지고 만다.

병원에 동행해주겠다고 한 발레리는 약속 장소에 나타나지 않았다. 병원에 혼자 가겠다는 내 의지를 꺾은 것도 그녀였다. 주차장에서 나오면서 전화를 했을 때 그녀는 집에서 전화를 받았다. 소파에서 깜빡 잠이 들었다고 5분 안에 달려오겠노라고 말한다. 그녀와 우리 집 사이가 고무줄처럼 몇 킬로미터씩 늘어질 수 있다는 걸 알기 때문에 그럴 필요가 없다고 상냥하지만 단호하게 말한다.

그때 마음속에 어떤 변화가 일어났다. 철학의 조언은 맞았다. 약속을 지킬 거라는 기대와 희망을 완전히 접는 순간, 약속을 지키지 않는 발레리가 아무렇지 않았다. 그녀가 나오든 말든, 어쩌면 약속 장소에 그녀가 영원히 나오지 않기를 간절히 바라고 있었다.

여름 바캉스가 끝나고 우린 두 번 정도 만났다. 한 번은 오븐 속 케이크 때문에, 또 한 번은 특별한 이유 없이 늦는다. 그러는 동안, 나는 그녀를 마음속에서 지웠다.

발레리는 내 마음이 떠난 이유를 알지 못한다. 설령 그 이유를 알았다고 해도 그녀로서는 어쩔 수 없는 일이었다고 생각한다. 몽테뉴의 말처럼 삶이란 언제나 바로 그 한 사람에게 일어날 수 있는 모든 것의 영향을 받은 결과물이기 때문이다.

올비가 달에 가지 못하는 이유.

올비 씨는 주말에 아침 식사를 하지 않았다. 즐겨 마시는 커피 캡슐이 떨어졌기 때문이다. 캡슐 커피와 〈르몽드〉지가 개띠 남자의 아침 메뉴다. 다른 캡슐도 남아 있었지만, 자기가 마시는 캡슐 커피가 없어 아침 식사를 보이콧하는 올비에게 물었다.

"시골집에서는 어떻게 아침을 먹나? 거기 가면 캡슐 커피가 없잖아."

"모르방은 모르방이고 여긴 여기야."

내가 뭐라고 대꾸하려는데 단비가 눈짓했다.

"엄마. 내버려 둬."

내가 키운 자식들은 음식을 가지고 타박하지 않는다. 현비는 식사가 끝나고 식탁에서 일어나면서 고맙다는 말을 잊지 않는다. 그리고 그 말은 진심으로 들린다. 양이 모자라거나 찾는 음식이 없어도 꼭 괜찮다고 한다. 나는 항암치료를 받으면서도 아침마다 일어나 도시락을 싸준다. 시간과 정성과 노력을 들여도 하나도 아깝지 않은 사람이 있다는 말이다.

결혼 선물로 받았던 네스프레소 커피 머신, 그러니까 올비는 24년 동안 캡슐 커피를 마신다. 24년 동안 똑같은 커피를 마셨듯 죽을 때까지 같은 커피만 마실 남자, 네스프레소 회사에서는 개띠 남자의 충성심에 커피잔 세트나 초콜릿 박스를 선물로 주기도 한다. 어쨌거나 주말 아침 식사를 보이콧한 건, 제시간에 맞춰 캡슐을 주문하지 않은 나에 대한 응징의 의미로 해석할 수밖에 없다.

일주일 동안 감기로 온 집안이 떠나갈 듯 죽는 시늉했던 올비는 갑자기 월요일에 회사에서 조퇴하고 돌아와 일주일 병가를 냈다고 한다. 그러곤 부엌으로 들어가 캡슐을 확인하더니 절망스러운 표정으로 물었다.

"아직도 주문 안 했어?"

문장은 간단했지만 그 말투에는 〈르몽드〉지와 캡슐 커피라는 평화로운 아침 식사를 잡치게 한 원망이 섞여 있다.

물론 내가 주문을 하지 않은 데는 몇 가지 이유가 있었다. 네스프레소 회원 비밀 번호를 까먹었기 때문에, 그걸 찾으니 매장에 가서 사겠다고 생각했기 때문이다. 게다가 주중에 집에서 아침 식사를 하지 않는 남자가 갑자기 월요일에 병가를 낼 줄 알았나? 물론 다른 캡슐 커피를 소비하는 것도 나쁘지 않을 거라는 어정쩡한 바람도 있었다.

올비는 캡슐 주문이 그렇게 어렵냐며 화를 내고 방으로 들어가 버렸다. 베이킹파우더에 식초를 부으면 부글부글 거품이 일어나는 화학 작용이 생긴다. 바로 내 몸 안에 그런 현상이 생긴다.

방으로 달려가 문을 벌컥 열고 고함쳤다.

"넌 그렇게 가고 싶은 달에도 못 갈 거야!"

"뭐. 뭐라고?"

"왜 그런 줄 알아? 달에는 캡슐 커피가 없으니까. 지금부터 내 말 똑바로 들어. 앞으로는 혼자 마시는 캡슐은 알아서 주문하든지 말든지 맘대로 해. 주말에 아이들과 내가 고생해서 생일 파티 해준 거 고맙다고 했어?"

"내 생일만 한 게 아니라 할아버지 생일도 같이 한 거잖아."

갑작스러운 공격에 올비는 당황해서 변변한 방어조차

못 한다.

"만족을 모르는 인간 같으니라고. 이틀 동안 캡슐 때문에 심통 부리고 있는 거 누가 모를 거 같아?"

"그건 감기로 아파서……."

내가 쏘아붙인다.

"그게 암 환자에게 할 소리니?"

올비는 병가를 취소한다고, 그리고 앞으로는 캡슐 커피도 마시지 않는다고 했다. 전쟁에 나가 싸울 생각은 안 하고 억울하다고 할복하는 유형이다. 나는 그런 위협에 끄덕하지 않는다.

조금 있다 올비가 부엌으로 들어오더니 조용히 제안했다. 앞으로 캡슐 주문은 알아서 하겠다고. 저녁 식탁에서는 고해성사하듯 아이들과 나에게 주말에 고생해서 만든 생일 케이크가 맛있었고 고맙다고 했다. 그리고는 주인 신발을 물었다가 얻어맞은 개처럼 꼬리를 내리고 내 주변을 빙빙 돈다.

알랭 드 보통의《철학의 위안》을 읽다가,〈메노이케우스에게 보내는 서한〉한 구절에 줄을 친다.

결핍에서 오는 고통만 제거된다면, 검소하기 짝이 없는 음식도 호화로운 식탁 못지않은 쾌락을 제공한다.

철학의 부재는 일상의 고통이다.

토요일 늦은 오후, 올비가 좋아하는 노르망디 굴을 사 놓았더니 그는 굴과 같이 먹어야 하는 통밀빵이 없다고 몽루즈 시의 모든 빵 가게를 돌고 있다. 이 빵집이 닫혔 다느니, 저 집엔 통밀빵이 없다느니, 전화로 생중계를 하 는 중이다.

혼자 중얼거린다.

"아직도 정신을 못 차린 개띠 남자. 입 다물지 않으면 굴도 사다주지 않을 거야."

두려움에 포로가 되지 않는 방법 。

여의사 오드리가 진료실에서 나를 보고 얼굴 가득 미소를 지으며 말한다.

"이제 샴페인이네요."

열두 번 항암치료의 끝을 축하한다는 의미다.

"덕분이지요."

"마담 르그랑, 그런데 딱 한 가지 조건이 있어요."

의사가 치켜세운 손가락을 쳐다보며 잠깐 긴장한다.

"그건 아주 맛있는 샴페인이어야 해요."

내가 웃는다.

"혀가 샴페인 맛을 다시 찾으려면 시간이 좀 걸릴 듯하네요."

내 몸은 잘 따라왔다. 어쩌면 스스로 늘 꾸짖는 '아무 생각 없이' 정상을 향해 달리는 기질 덕분인지도 모른다.

202호실 병실 문을 연다. 마틴의 하얀 얼굴이 보인다. 이젠 머리카락을 가진 마틴의 얼굴을 상상하기 어렵다. 침대에 누운 그녀의 체구는 마른 여중생만 하다. 보풀이 생겨 조금 낡은 양말이 항상 발에 반듯하게 신겨 있다.

주렁주렁 달린 약 주머니를 쳐다보면서 그녀에게 오늘이 마지막 치료라는 사실을 말해야 할까 망설인다. 구명보트에서 구조를 기다리다가 일행을 버리고 혼자 탈출하는 마음이다. 하지만 이 항해에 안전한 구조는 없다. 잠시 보트를 갈아타는 것뿐이다.

그녀와 대화하디 떠나갈 듯한 웃음소리 때문에 간호사들이 바깥에서 병실 문 닫는 걸 알고 목소리를 낮춰야 했던 기억을 떠올린다. 내가 인생에서 이해한 눈곱만 한 진실은 웃음만이 좌절의 순간 두려움에 포로가 되지 않는 방법이라는 것이다. 마틴도 그걸 안다.

"지난주에 드디어 주문한 책을 받았어요. 몇 달이 걸렸는지 몰라요. 미국에서 온 책인데 글쎄 겉장이 구겨져 있는 거예요. 36달러나 지불했는데…… 결국 반송하기로 마음먹었어요. 당연한 거 맞죠?"

내 의견이 궁금한 듯 마틴은 나를 빤히 쳐다보며 물었

다. 웃으며 고개를 끄덕인다. 책을 반송하고, 새로 받아 그 책의 즐거움을 누릴 수 있는 시간이 노력보다 허무할 정도로 짧을 수 있다는 생각을 그녀라고 하지 않았을까? 시한부 인생을 살지 않는 사람은 없다. 단지 그것을 아는 것과 모르는 것의 차이일 뿐.

모로코에서는 죽기 40일 전에 자기 죽음을 예감한다는 말이 있다고 무니아가 말해준 적이 있다. 무니아의 할아버지는 죽기 전에 세상을 한 바퀴 돌겠다며 지팡이를 집고 나갔다가, 여행을 마치고 돌아와 나흘 후에 죽음을 맞이했다. 마틴도 자신의 이런 운명을 일찌감치 예감한 듯 육십오 세에 벌써 증조할머니가 되었다. 어쩌면 인생이라는 작품을 결정짓는 건 공연 시간이 아니다.

치료가 일찍 끝난 마틴은 평소처럼 나에게 "본 컨티뉴아씨옹Bonne continuation(계속 힘내세요)!"이라는 인사를 남기고 병실을 떠난다. 마틴에게 마지막 치료라는 말을 결국 하지 않았다. 그녀와 어쩌면 마지막이 될지 모르는 인사를 할 자신이 없었기 때문이다.

치료를 마치고 무니아와 지하 병동에서 엘리베이터를 타고 올라간다. 통유리 바깥으로 파란 하늘이 보인다.

"비가 온다고 했는데 날씨까지 맑잖아."

감정이 교차하는 무니아 표정을 읽는다. 나는 세상에서 무니아만큼 전적인 존재를 만나본 적이 없다. 자식도 남편도 친구도 가차없이 좋아한다. 병원 응급실에 나를 데려와서 마지막 치료까지 동행해준 무니아. 프랑스어 '메르시merci(고맙다)'라는 단어는 '보쿠beaucoup(매우)'라는 부사를 붙여도 고마움을 전혀 담아내지 못한다.

차에 시동을 걸면서 무니아가 말한다.

"너 아니? 너를 위해 7개월 동안 병원에 온 것이 아니야. 나를 위해서였어. 용기를 준 사람은 너였으니까."

말없이 창밖으로 고개를 돌린다. 햇살이 눈이 시리도록 찬란하다. 운이 좋긴 좋은가 보다.

좋은 영향마저 주지 않는 부모 。

"새로 산 셔츠를 좀 다려야 할 것 같은데."

방해해서 조금 미안하다는 말투로 현비가 말했다. 나는 얼른 스팀다리미를 플러그에 연결하고 충전되길 기다린다. 현비가 다리미를 잡으며 묻는다.

"이제 충전 다 된 거지?"

나도 모르게 깜짝 놀란 표정을 지었나 보다.

"왜?"

현비가 물었다.

"그러니까. 이 스팀다리미 생각보다 좀 뜨겁거든."

현비가 지그시 나를 내려다보며 어깨에 손을 얹는다. 오늘따라 현비 얼굴을 한참 올려보는 기분이 든다.

"엄마, 나 열여덟 살이야."

현비 목소리는 항상 잔잔하다.

"내가 처음 혼자 손톱 깎은 날, 엄마가 슬퍼했던 거 기억해. 하지만 아무 일 없이 잘 지나갔잖아? 오늘 분명히 이 다림질도 똑같을 거야."

웃음을 터뜨린다. 어디 그때뿐인가? 아이가 처음 혼자 화장실에 문을 잠그고 들어갈 때도 그랬다. 생각해보면 내가 혼자 버스를 타고 외갓집에 간 건 국민학교도 아주 저학년 때였다. 중학교에 들어가기 전에 밥을 지을 줄 알았다. 중학교 첫 가사 실습 시간, 한 친구가 다가와서 말했다.

"생긴 긴 부잣집 딸인데. 설거지하는 손놀림이 집안일에 여간 익숙한 거 같지 않네."

그날도 오늘처럼 허를 찔린 기분이었다. 청승맞게 생긴 그 아이가 수사관처럼 예리한 눈을 가졌는지 어떻게 알았겠는가. 내 부모님은 풍파의 주인공들이었고 그 풍파를 그다지 잘 헤쳐나가지 못하는 편이었다. 그래서 많은 것을 혼자 깨우쳤다.

내가 지금 아이들에게 해주는 대부분을 어릴 적부터 혼자 할 줄 알았다. 덕분에 새로운 일을 두려워하지 않고 살았다. 성격과 기질에서 나오는 인생의 메커니즘은 이미 유년 시절에 결정된다. 다림질 요령을 알려준다고 하다가 혼자 마무리하는 걸 보고 현비가 빙그레 웃는다. 그 웃음이 다시 한번 나를 부끄럽게 만든다.

다윈은 갈라파고스 제도에서 각각의 섬마다 다른 종이 다른 모습으로 진화해 적응하며 살고 있다는 것을 발견했다. 다리미 줄을 감으면서 마음속으로 중얼거린다. 부모의 사랑과 관심이라는 이름의 강한 고기압 영향권에서 벗어나게 하는 것만이 자기 색깔과 인격을 가진 어른으로 성장하게 만드는 것이다.

좋은 부모란 어쩌면 좋은 영향마저 주지 않는 부모이리라. 이런 사실을 알면서도 인간은 멍청한 자기 습관에서 벗어나는 일이 가장 어렵다.

따뜻한 습관.

단비와 집 근처 카페에 생과일주스를 마시러 간다. 카페 입구엔 종일 손님들에게 무례하게 말참견하는 노파가 오늘도 자리를 지키고 있다. 노파와 눈을 마주치지 않으려고 얼른 고개를 돌린다. 허기지고 불안한 노파의 시선은 종일 타인의 관심을 찾는다. 외로움은 자기 안에 침잠하는 걸 방해한다.

우린 카페 안쪽 테이블에 자리를 잡고 가르송이 손으로 갈아주는 생 오렌지주스를 주문한다. 머리를 올려 드러난 단비 이마가 반듯하다. 스물세 살이라는 나이가 생과일주스처럼 신선하다.

내년에 뉴욕으로 떠나는 단비, 사는 일에 완전히 몰입해 있는 단비에게 가끔 서운함을 느낄 때도 있다. 하지만 가만히 생각하면 인생은 도돌이표로 된 변주곡이다. 젊은 시절 나도 그랬다. 완전히 잊고 자기 인생에 몰입한다는 건 자유롭고 마음의 빚이 없다는 의미다. 그리고 그건 언제고 다시 돌아올 수 있는 따뜻한 장소가 있기 때문이다.

"단비야. 혹시 공부 더 하고 싶으면 돈 같은 거 생각하지 말고 더 해도 돼."

내가 말한다.

"알아."

단비가 나를 빤히 쳐다본다.

"근데 필요하면 은행에서 나도 융자 받을 수 있어."

이 씁쓸한 기분은 뭘까? 자식을 잘 떠나게 하기 위해서 키우지만, 독립의 순간을 생각하니 가슴에 쌩한 바람이 분다. 인생에 올 것은 반드시 오고 갈 것은 반드시 간다. 이제 따뜻한 습관과 헤어질 시간이 온다.

길거리로 나오면서 단비가 명령조로 말한다.

"팔짱 껴."

키가 큰 딸에게 팔짱을 끼는 기분은 항상 묘하다. 보람은 나를 한없이 작아지게도 만든다.

"나랑 정육점에 같이 가자."

오늘 오후 단비의 바쁜 시간을 훔치는 호강을 누리기로 한다. 정육점 아저씨도, 단춧구멍 같은 눈을 가진 계산대 마담도 단비를 흘끔 쳐다보며 평소 인색하던 미소를 보낸다. 나는 스물세 살짜리 딸의 팔짱을 끼고 동네를 활보하는 기분을 마음껏 누린다.

집에 돌아오는 길, 아파트에서 한 노부부가 나와 우리 앞으로 걷는다. 은색의 백발은 우아했으며, 놀라울 정도로 반듯한 등을 가졌다. 그들이 입은 외투는 파스텔 색상 조합처럼 세련됐다. 약간 휘어진 다리의 각도, 불필요한 군살이 없는 체형까지 비슷하다.

노부인은 자신의 외투를 채운 뒤 남편의 팔짱을 낀다. 그 움직임이 놀라울 정도로 부드럽다. 평생 보조를 맞춘 걸음걸이로 조심스럽고 신중하게 서로를 배려하는 속도로 걷는다. 단비의 쏟아지는 수다를 듣는데 오랜 세월 속도를 맞춰 어느덧 걸음걸이까지 비슷해진 두 사람의 뒷모습이 자꾸 내 시선을 뺏는다.

서재 이혼。

4년 전쯤 올비와 나는 서재를 이혼시켰다. 몇십 년 동안 정든 이케아 빌리 책장을 과감하게 버리고, 가벼운 파스텔 책장으로 바꿨다. 2,000권에 달하는 올비의 책들이 지하 창고로 가고 무상 책조합에 기증되는 것을 아무런 가책 없이 지켜봤다.

서재의 책을 나누면서 올비가 소장한 책들 중 내가 가진 번역본이 놀랍게도 스무 권이 채 넘지 않는다는 사실을 알았다. 롤랑 바르트의 《사랑의 단상》과 스티븐 킹의 몇 권의 소설, 그리고 무라카미 하루키 소설 대여섯 권, 필립 K. 딕 전집, 발자크의 《고리오 영감》 같은 고전 작품 몇 권이 전부였다.

서재를 이혼시킨 뒤 유심히 보니 책을 읽는 취향뿐 아

니라, 우린 좋아하는 포도 색깔부터 포도주 색깔까지 정
반대다. 결국 취향은 한 번도 결혼한 적이 없었다는 말이
다. 달라진 것은 아무것도 없다. 연애라는 열정은 서로의
비슷한 면만 보게 만들고, 20년의 결혼은 차이점을 보게
만든다는 것뿐.

　서적광인 올비의 작년 크리스마스 선물은 루이스 캐
롤의 《이상한 나라의 앨리스》 일러스트 한정판이었다.
그는 오래전부터 센 강변의 노천 책방을 기웃거리면서
소장하고 있는 고서적들의 가격을 확인하는 것을 좋아
한다. 간만에 크리스마스 선물도 고를 겸 책방 산책을 나
간다.

　뤽상부르Luxembourg 정원 앞에서 렌Rennes 가로 가
는 길, 미테랑의 단골 책방이었던 퐁트라베르세Le Pont
traversé 책방이 보인다. 모퉁이 책방 입구 위로 오래된 푸
줏간을 상징하듯 도금한 화려한 소의 두상이 파리에서
가장 긴 거리 보지라르Vaugirard 가를 내려다보고 있다.

　책방 문을 조심스레 미는 순간 은은한 사향처럼 책 냄
새가 코를 감싼다. 고서적 책방은 시간의 향기를 파는 향
수 가게다. 예상했지만 책방 안에 손님이라곤 우리뿐이
다. 여주인처럼 보이는 노부인이 커다란 앤티크 책상 앞

에 앉아 있다.

거실보다 조금 큰 책방을 둘러본다. 사방 벽면은 세월의 중력을 견디지 못해 조금씩 기울어진 나무 선반 위로 빼곡하게 19세기와 20세기 초반 책들이 꽂혀 있다. 고서적에서 풍기는 품위와 매혹은 단순히 시간의 발효 기술 덕분만은 아니다.

책 표지는 텍스트의 연장이다. 19세기 시집 표지는 타이포그래피 초현실주의 작품에 가깝다. 원판본이나 번호가 매겨진 초판본을 선호했던 미테랑, 희귀본을 직접 손으로 만져보려고 외국 순방길에서 책방으로 한숨에 달려왔다고 한다. 반투명 습자지가 씌워진 원판본이 가진 문학의 체취와 신비를 아는 존재였다면, 자신의 영혼을 권력의 허구와 바꿀 수는 없었으리라. 미테랑이 그렇게 아꼈던 책방이지만 실내에는 사인 하나, 사진 한 장 걸려 있지 않다.

"이거 봐."

올비가 유리 책장을 가리켰다. 오래된 양피로 만들어진 고서들이 즐비하게 꽂혀 있다.

내가 소곤거린다.

"지난여름, 벼룩시장에서 몽테뉴《수상록》을 발견했

거든. 책장을 열어보니 좀벌레가 책을 반 이상 먹어버렸더라고."

올비가 대꾸했다.

"좀벌레는 세상에서 가장 현명한 책벌레로 변신했겠군."

플로베르의 《감정교육》을 고른다. 원판본은 아니었지만, 책방의 기분 좋은 책 곰팡이 냄새가 사라지지 않았으면 하는 바람으로 산다.

"다시 들를게요."

내가 말했다.

"저의 기쁨입니다."

여주인은 흔쾌한 목소리로 말했다. 오래된 가죽 표지로 된 플로베르 책을 겨드랑이에 끼고 파리를 걷다 보니 파리의 정신을 조금 소유한 기분이 든다.

올비가 말한다.

"시간의 깊이를 냄새로 질감으로 느끼며 플로베르를 읽는 기분을 상상해봐. 문고판을 읽는 기분과는 전혀 다를 거야."

그러더니 자기 서재에 있는 1985년 개정판 성경책 가격이 많이 올랐을 거란 이야기를 시작한다. 나는 몽파르나스 타워 뒤로 떨어지는 노을에 완전히 시선이 팔려 그의 이야기를 건성으로 흘려들으며 걷는다.

인생을 살만하게 만드는 것들。

한 번 가라앉았던 배는 3개월마다 누수 점검해야 한다. 병원 검진을 받고 나오는데 마담 고몽의 말이 떠오른다.

"우린 그나마 정기적으로 검진을 받고 있으니 보통 사람들보다 안전한 셈이라고요."

이 항해는 누구도 예측할 수 없다. 갑자기 예보에도 없는 악천후를 만나 배가 뒤집혀 물고기 밥이 되기도 한다. 중간에 풍랑을 만나도 운이 좋으면 항해를 끝까지 마칠 수 있다.

병원에서 나와 친구 아네스에게 괜찮다는 문자를 보냈더니 전화가 왔다. 달력 날짜에 동그라미를 치고 초조하게 기다렸다고 말하는 아네스 목소리가 기쁨에 떨린다. 아네스는 식사에 초대하면서 "거절하면 안 돼"라고 말했다.

다음 날 내가 찾은 곳은, 파리 팡테옹 근처의 멋진 가스트로노미gastronomy 레스토랑이다. 아네스는 약속 장소에 먼저 와서 기다린다. 24년 동안 아네스가 보내주는 생일 카드처럼. 그녀의 카드는 하루 일찍 도착한 적은 있지만 하루도 늦은 적이 없다.

아네스가 활짝 웃는다.

"뭔가 제대로 기념을 해야 할 것 같아서……."

나는 누군가에게 아네스를 소개할 때 프랑스 인공지능 교수보다 '가장 기발한 선물을 할 줄 아는 친구'라고 말한다. 별자리를 풀어서 쓴 캘리그래피뿐 아니라 단비 이름으로 별을 분양 받아준 적도 있다.

선물의 달인 아네스는 자기 생일 파티에 독특한 선물을 주문하는 것으로 유명하다. 칠십 세 생일에는 '7'이라는 모티브로 연극을 주문했다. 우린 부활절 바캉스를 연극 리허설에 몽땅 바쳤다. '7'이라는 모티브로 연극을 일곱 편이나 준비한 사람은 우리뿐이었으니.

햇살이 잘 드는 창가에 희고 빳빳한 천이 깔린 테이블, 멋진 식사란 색감과 식감과 미감의 조화로운 삼중주를 감상하는 기분이다. 생선은 부드럽고, 얇게 썰어놓은 래디시는 종잇장처럼 그릇을 비췄으며, 소스는 부드럽게 재료를 감싼다. 요리를 삼키면서 문득, 사랑이란 끈끈한 정과 희생처럼 그리 거창하고 무거운 의미가 아니라 누군가를 기쁘게 해주기 위한 세심한 배려가 아닐까 생각한다.

집으로 돌아가는 길 병원에 들어가기 직전에 읽었던 레이먼드 카버의 짧은 시를 떠올린다.

그럼에도 불구하고
네가 이 생에서 바라던 것을 얻었니?
응.
뭘 원했는데?
사랑받는 사람이라고 스스로 말하는 것.
이 세상에 태어나서 사랑받았다고 느끼는 것.

프렌치 식탁과 한국 밥상。

가족의 시골 별장, 부르고뉴Bourgogne 북쪽에 있는 모르방에서 크리스마스를 보낸다. 일 년 중 가장 큰 명절이지만 유럽식 초핵가족의 가족 파티를 할 때면 사돈의 팔촌까지 집안이 와글거렸던 한국 명절이 그립다. 그나마도 이혼한 시누이 안느의 아이들이 한 해씩 번갈아 부모 집에서 크리스마스를 보낼 수 있기 때문에 크리스마스 가족 파티는 2년에 한 번이다.

프랑스 법이 발달한 이유는 인간의 선의를 믿지 못하기 때문이라고 한다. 그래서 이혼 합의서에는 분쟁의 소지를 없애기 위해 크리스마스뿐 아니라 바캉스 때 아이들을 맡는 원칙에 대해서도 상세하게 명시되어 있고, 윤달이 있는 달력까지 계산하여 날짜를 배분한다. 남편과 재산 분배에 대한 합의점을 찾지 못해 안느의 이혼 소송은 10년이 걸렸고, 재산 차액의 몇 배에 달하는 변호사 비용을 10년 동안 지급했다.

크리스마스이브에는 일 년 중 가장 풍성한 식탁이 차려진다. 전식으로 바닷가재와 훈제연어, 굴과 푸아그라가 나오고 베이컨에 싸인 송아지가 오븐에서 구워지고 있다. 정원에서 잘려 나온 전나무가 거실에서 향기를 은은하게 풍기며 크리스마스 분위기를 돋운다. 잘 다려진 빨간 테이블보가 식탁에 깔리고, 시어머니는 아끼는 접시와 크리스털 잔으로 식탁을 차린다. 가족들은 파티 분위기에 어울리는 멋진 옷을 꺼내 입고 식탁에 둘러앉는다.

"본 아페티Bon Appetit!"

식욕을 돋우라는 인사 '본 아페티'와 다르게 나는 가족 식탁에서 입맛을 잃고 만다. 프랑스 식탁은 분배 원칙이 적용된다. 모든 것이 나누어진다. 푸아그라와 초콜릿 케이크가 나누어지는 것을 보면 밀리미터 단위의 눈금이다. 이혼 합의서처럼 말이다. 그런 이유로 난 어쩌다 조금 더 먹고 싶은 기분이 들어도 뭔가 반칙하는 느낌이 들어 선뜻 더 먹겠다는 말이 나오지 않는다. 접시에 음식을 남기면 예의에 어긋나기 때문에 억지로 끝내야 한다.

몇 년 전 시어머니는 남편의 할머니가 돌아가신 뒤 남긴 약간의 재산을 남편과 시누이에게 나누어주면서 슬픈 표정으로 말했다.

"나의 어머니는 사랑을 공평하게 나눠주지 않았어. 난 몹시 상처를 받았고, 적어도 내 자식들에겐 그런 고통을 주고 싶지 않다."

풍요로운 크리스마스 식탁은 팽팽한 긴장감이 감돌고, 먹잇감 사냥터로 변한다. 일곱 개의 샴페인 잔을 똑같은 높이로 채우기 위해 온 힘을 기울이는 조카의 모습은 애처로울 정도다.

난 속으로 중얼거린다.

"누가 좀 더 마신다고 큰일 나니?:

결혼하고 나서 남편에게 접시란 타인과 자신을 나누는 단단한 심리적 성벽 같은 것이라는 걸 알았다. 이불은 같이 나누어도 접시는 나누지 않는다니……. 20년 넘는 결혼 생활에서 그나마 성공이라고 할 수 있는 건 그 단단한 접시의 장벽을 허문 것이 아닐까?

내가 아이들에게 "아빠에게 물어봐!"라고 말할 때마다 남편이 항의한다.

"너의 아빠는 서울에 있어. 난 너의 아빠가 아니야!"

누가 단어의 소유격을 함부로 쓰면, 개념을 도둑맞는 기분이 드는 모양이다. 하지만 나는 '우리 아빠'를 '나의 아빠'라고 말할 때마다 쪼잔해지는 느낌이 드는 기분을 설명할 방법이 없다.

시어머니의 정의롭고 공평한 분배 의지에도 불구하고 안느는 욕구 불만에 시달렸다. 그녀는 시어머니가 자기보다 오빠를 편애한다고 생각하면서 자랐다. 마흔일곱이 되던 해에 심리상담 치료를 받고 나서야 욕구 불만이 조금 해소되지만, 그녀에게는 쉽게 채워지지 않는 허기가 남아 있다.

밥상에서 "너 먹어라"라는 어머니의 말을 들을 때마다, "굶어 죽을까 봐 저러시나……"라며 투덜거렸지만 나도 아이들에게 "더 먹을래?"라는 말을 달고 산다. 왜 똑같은 음식이 한 곳에서는 더해지고 한 곳에서는 나누어지는 걸까?

가만히 생각해보면 우리 밥상에 그 비밀이 있는 것 같다. 우린 누가 욕망을 미리 분배해주는 것이 아니라 접시를 가운데 놓고 자연스럽게 나누어 먹는 것으로 배웠다. 밥상에서 다른 사람의 욕망을 이해하고 자신의 욕망을 조절하는 법을 배우는 것이다. 행복, 즐거움, 풍성함은

균등하게 자를 수 있는 케이크가 아니다. 우리의 미소도 아이들에게 나눠줄 수 있는 것이 아니다. 웃음은 밥주걱처럼 보태는 것이다.

크리스마스 휴가가 끝나고 집으로 돌아오면, 알 수 없는 허기가 있다. 부엌에 들어가서 프라이팬에 밥을 쓱쓱 비빈다. 그리고 아이들을 부른다.

"얘들아. 우리 가운데 놓고 그냥 먹는 거다!"

샴페인 글라스 。

연말 기분을 내려고 크리스털 샴페인 글라스를 꺼낸다. 몇 년 동안 사용하지 않아 부엌 기름때가 묻어 있다. 이 글라스 세트는 결혼하던 해 시어머니가 준 크리스마스 선물이다.

여섯 개 중 한 개는 단비 두 돌 생일에 축하하러 온 아네스가 깨뜨렸다. 유리 테이블에서 긴 샴페인 글라스가 미끄러져 박살났던 장면이 슬로우 모션처럼 기억에 찍혀 있다. 미안해하는 아네스에게 괜찮다고 말했지만, 속 쓰렸던 느낌은 23년이 지난 지금도 생생하다.

로젠탈 숍에 가서 깨진 글라스를 채워놓으려고 얼씬거린 적도 있는데 터무니없는 가격에 놀라 그냥 돌아오고 말았다. 샴페인을 마시면서 비싼 잔이 깨질까 봐 전전

긍긍하는 것도 그렇고, 결국 우아한 샴페인 글라스는 찬장에 갇혀 나오는 일이 거의 없다.

샴페인 글라스가 네 개 밖에 남아 있지 않은 거로 봐서 한 개를 누굴 빌려주진 않았을 것이고, 집에서 깨진 것이 분명할 터인데 다행인지 불행인지 언제, 누구의 짓인지 전혀 기억나지 않는다. 남은 샴페인 글라스를 보면서 중얼거린다.

"네 개 남아 있으니 우리 넷이 부딪치면 되겠군."

아이들과 남편과 크리스털 잔을 부딪친다. 멋진 크리스털 잔에 담긴 샴페인은 연말 분위기를 기분 좋게 돋운다. 별이 입안에서 부드럽게 터진다. 별은 잔잔할수록 황홀하다.

샴페인을 마실 때면 프랑스의 전설적인 그래픽 디자이너 마생 할아버지가 떠오른다. 몽파르나스 묘지 앞 마생의 아파트에 가면 로제 샴페인을 꺼내주곤 했는데 유감스럽게도 미지근했다. 샴페인을 마시면서 듣는 마생의 레퍼토리는 거의 똑같았다. 시간이 지나면서 그가 자서전에 쓴 이야기를 꺼내 토씨 하나 틀리지 않고 반복한다는 것을 알았다. 그건 귀가 잘 들리지 않는 사람이 세상과 소통할 수 있는 유일한 방법이었다.

1950년대 프랑스 출판 문화 전성기를 살았던 마생의 이야기는 다시 보는 흑백 영화처럼 지루하지 않았다. 자신의 화려한 과거는 외로운 노년을 지켜주는 등대다. 뮤제처럼 유물로 가득했던 그의 아파트 구석구석은 이미 외로운 노년의 그림자가 유령으로 변하고 있었다. 얼마 전 구십사 세의 나이로 마생이 세상을 떠났다. 이제 마생의 미지근한 샴페인을 마실 일도 완전히 사라졌다. 한 사람이 죽는다는 건 한 세계가 사라진다는 의미다.

크리스털 잔은 식기세척기에 들어갈 수도 없기 때문에 사흘 동안 게으름을 피우다가 손으로 잔을 닦는다. 손가락 두 개가 겨우 들어가는 기다란 글라스를 조심스럽게 닦으며 생각한다. 언젠가 두 개만 남으면 둘이 남아 잔을 부딪치면 되겠지. 한 개가 남는다면, 혼자 마시는 샴페인처럼 씁쓸한 맛은 없을 거라 상상한다. 마지막 잔마저 깨지면, 그땐 정말 자유로워지는 것이다. 그리고 다음 생에는 이렇게 멋지고 부담스러운 샴페인 글라스 같은 건 소유하지 않으리라.

노인을 위한 겨울은 없다.

생앙투안Saint-Antoine 병원에 시아버지 문병을 간다. 그는 몇 개월 사이 벌써 두 번째 수술을 마쳤다. 병실로 들어가서 코트를 벗을 때 그가 눈을 뜨고 희미하게 웃었다. 시아버지의 발톱을 잘라준다. 차가운 발가락, 옛날 할머니 발톱을 잘라줬던 기억이 난다. 옆 침상에 누운 노인이 나에게 말한다.

"나이가 들면 점점 몸이 굳어져 발톱까지 몸이 닿지 않지요."

시아버지는 약간 겁이 난 표정으로 나를 내려다본다.

"상처를 내면 안 된다."

그는 두려운가 보다. 난 천장을 쳐다보며 침대에 누워 하루를 보내는 시간이 훨씬 두렵다.

그를 부축해서 복도를 산책시킨다. 간호사가 지나가면서 소릴 친다.

"무슈 르그랑. 누가 보면 늙은이라고 하겠어요. 등을 펴세요."

잠깐 스치는 미소조차 희미하다. 의학 기술은 어떤 대가를 치르고도 죽음을 유예시켜준다. 하지만 세상에서 추방되는 무신론자의 두려움도 같이 연장시켜준다.

집에 돌아와서 현비와 할아버지 죽음에 대해 이야기한다.

"넌 무섭니?"

내가 묻는다.

"아니. 난 두려움 같은 건 별로 없어."

"우리가 할 수 있는 게 아무것도 없다고 느끼면 담담해질 수 있어."

"나도 그럴 거 같아."

현비는 조금 생각한 듯 다시 말을 잇는다.

"엄마가 죽음에 대해서 두렵지 않은 건 후회할 게 없기 때문이야."

'고작 18년을 산 네가 그걸 어떻게 아니?'

마음속으로 중얼거린다.

삶과 죽음의 경계는 조용하다. 자신의 의지가 필요하지 않은 것을 깨닫는 순간, 물속에서 발버둥 치는 걸 멈추게 된다. 그러면 몸이 조용히 가라앉아 깊은 물속으로 들어간다. 세상의 소음에서 완전히 떨어진 정적만 있다.

모든 건 지나간다. 험한 여정도 언젠가 끝이 있다. 새로운 여정이 시작할 수도 거기서 끝날 수도 있다. 결국 우린 같은 목적지로 향한다. 하지만 진정한 행복은 어느 쪽으로 기울어질지 모르는 불확실성 사이에 있다.

수천 년 전 에피쿠로스 철학자는 죽음에 대해서 이렇게 생각했다.

죽음은 아무것도 아니다. 왜냐하면 그것은 모든 것이 없어지는 사건이기 때문이다. 그래서 우리는 죽음을 잘 이해하기만 하면, 영원히 살려는 부질없는 욕심을 버리면, 죽음을 좀 더 쉽게 받아들일 수 있다. 죽음은 두려운 것이 아니다. 사람들은 죽음이 고통을 주기 때문에 무섭다고 말할 수도 있지만, 고통은 죽음이 아니다. 죽음이란 좋고 나쁨, 고통과 쾌락, 모든 것이 그저 사라지는 것이다.

장밋빛 인생。

　누구나 한 번쯤 인생에서 가장 아름다웠던 시절을 떠올리는 순간이 있을 것이다. 아마도 나에게는 서른여덟 언저리, 그 시절이 아니었을까? 지나온 세월과 남은 시간의 황금비율, 그 사이 삶이 내어준 황홀하고 호젓한 휴식의 느낌 같은 것. 인생에서 그런 날은 많지 않다.

　부엌 창가에서 하늘을 바라보면서 이런 상념에 빠져 있다가 시계를 보고 서둘러 마르셰로 달려간다. 목요일 아침은 마르셰가 서는 날이다. 붐비는 통로에 느릿느릿한 사람들 사이를 헤치고 페레 씨 가게로 간다. 내 앞에 줄을 선 할머니가 느릿한 움직임으로 바구니에서 빈 달걀 상자를 꺼내준다. 가격을 깎아주는 건 아니지만 노인에게 '재활용'은 각별한 의미일 것이다. 페레 씨는 조심스럽게 상자에 달걀을 담으며 외친다.

"자, 꼬꼬리꼬가 왔어요. 꼬꼬리꼬!"

수탉도 나라마다 조금씩 다르게 운다. 레이스 달린 하얀 앞치마를 입은 그의 아내는 손님에게 치즈를 잘라주며 차분한 목소리로 묻는다.

"또 뭐가 필요하죠?"

"당신 웃음이면 충분해요."

손님의 말에 그녀가 환하게 웃는다. 미소를 거슬러주는 건 확실히 상인의 덕목이다.

"다음 주면 우린 드디어 정년 퇴직입니다."

페레 씨가 손님들 앞에서 선언하듯 말했다. 이런 기쁜 소식이라면 누구라도 감추고 싶지 않았을 것이다.

"축하해요. 페레 씨, 정말 부럽습니다. 우중충한 날이면 코르시카Corsica 섬에서 햇빛을 즐기는 당신이 생각나겠군요."

페레 씨 고향은 코르시카 섬이고 오래전부터 그곳에 메종이 있다. 그는 한 손으로 허리를 집고 굽은 등을 펴면서 말한다.

"일이라면 이제 할 만큼 했어요."

새벽잠을 설치며 마르셰에서 일하면서 50년 동안 정

부에 연금을 낸 페레 씨의 목소리엔 자긍심이 있다. 평범하지만 규칙적인 페레 씨의 태엽시계는 이제 황혼의 휴식을 기다리는 것이다.

과일 가게에서 토마토를 고르는데 갑자기 가게 청년이 외친다.

"여자를 찾습니다. 축구하고 맥주를 좋아하는 여자를 찾습니다!"

나와 눈빛이 마주치자 청년이 말한다.

"그런 여자라면 정말 결혼할 수 있어요. 배우자라면 열정을 같이 나눠야 하는 거 아닌가요? 혹시 주변에 그런 여자가 있다면 꼭 소개해줘요. 그런 여자라면 난 뭐든지 다 할 수 있을 겁니다."

다부진 결심이라도 한 표정이다. 내가 묻는다.

"백화점 쇼핑도요?

"아, 물론이죠. 축구와 맥주만 좋아하면."

"그럼 생김새도 상관없단 말인가요?"

"에이, 그래도 얼굴은 좀 생겨야죠. 제가 좀 잘생겼잖아요."

까무잡잡하게 그을리고 코가 반듯한 인상이 축구선수 호날두를 닮은 것도 같다. 그는 다른 손님들 시선을 받으며 더 목소리를 높인다.

"전 인종도 불문해요. 외국에서 온 여자도 좋아요. 여름 바캉스도 멀리 떠날 수 있고 장점이 많다고요."

등이 굽은 노파가 천천히 고개를 돌리며 말한다.

"내가 말이야. 며칠 전에 텔레비전에서 봤는데 만남을 주선하는 사이트가 그렇게 효과적이래. 요즘 사람들은 그렇게 만난대요."

청년은 그 말을 듣더니 화들짝 놀란다.

"에이, 그래도 전 그런 건 싫어요. 눈이 마주쳐서 느낌이 통해야죠."

"아냐. 세상이 변했어. 그건 옛날 생각이야."

팔십이 족히 넘은 노파의 느닷없는 훈계에 갇힌 청년이 빠져나오려고 안간힘을 쓰면서 외친다.

"그래도 전 그런 건 싫어요."

노파가 느릿한 목소리로 말했다.

"난 맥주도 좋아하고, 축구도 같이 볼 수 있어. 얼굴도……."

청년이 히죽거리며 웃는다.

"그게 무슨 사이트였다고요?

남자 주인이 나에게 거스름돈을 건네며 혼잣말처럼

중얼거린다.

"자식이, 오늘도 수작을 부리네."

마르셰 꽃집에는 아네모네가 쏟아져 나왔다. 아네모네는 화려한 색깔로 시선을 끌지만 향기가 없어 조화 같다. 꽃은 향기도 필요하다. 마르셰의 사소한 수다, 덧없는 수작이 어쩌면 일상의 향기인 것처럼.

마르셰를 빠져나올 때, 거리 한쪽에서 클라리넷 연주가 들린다. 길모퉁이에 소박한 차림을 한 여인이 <장밋빛 인생>을 연주하고 있다. 음악원 학생처럼 발을 바닥에 두드리며 박자를 맞추고 있는 모습이 거리 악사 같아 보이지 않는다.

오랜만에 비치는 햇살 때문인지 클라리넷 선율 때문인지, 익숙한 거리는 새롭고 낯선 공간으로 바뀌더니 1940년대 파리 카바레 정취 속으로 나를 데리고 간다. 발걸음이 느려지고 나도 모르게 <장밋빛 인생>을 휘파람으로 담아간다.

즐거움도 맛처럼 다신다면 。

점심을 먹다가 현비가 혼잣말처럼 중얼거린다.

"그림이 너무 그리고 싶어. 지금."

그림 그리고 싶은 욕구가 소변만큼 참을 수 없이 다급하다는 말투다.

"그럼 빨리 그려."

"할 게 너무 많아. 리포트도 써야 하고. 정말 일주일만 아무 할 일이 없으면 좋겠어."

"하루에 한 순간, 혹은 한 번이라도 자기가 정말 좋아하는 걸 하래. 난 하늘을 쳐다보면 좋더라. 하늘을 쳐다보면서 '아 좋다' 이런 말을 혼자 중얼거리거든. 그럼 기분이 정말 더 좋아진다."

"나도 그래……."

현비가 내 볼에 입을 맞추며 속삭였다.

"고마워."

나는 녀석의 고맙다는 말의 의미가 무얼까 생각한다.

올비는 저녁을 먹고 나서 입맛을 다시더니 자신에게 확인을 시키듯 말했다.

"아. 정말 맛있었어."

"얼마나 맛있었으면?"

"아주 만족스러웠어. 그리고 알지? 이런 만족감은 표현을 해야 그 즐거움을 연장시킬 수 있는 거야."

맛있는 음식을 먹고 그 만족감이 행복을 주는 사람이 있다. 올비가 그렇다.

세면대에서 단비가 세수를 하고 있다. 나는 욕실 바닥을 청소하다가 세수하고 있는 단비 얼굴을 올려다본다. 눈을 꼭 감고 비누 거품이 보드라운 피부 위에서 닦여나가는 걸 쳐다본다. 질끈 감은 눈과 싱싱한 피부를 보는 것만으로도 상쾌하다. 단비가 비누 거품을 닦아내다가 내가 쳐다보는 걸 알아차리곤 묻는다.

"왜?"

"이렇게 아름다운 얼굴을 매일 본다는 건 기분 좋은 일이야. 너라면 그렇지 않겠니?"

단비가 환하게 웃는다.

만족감과 기쁨은 순간을 흘려보내는 것이 아니다. 나의 아이들도 언젠가 그들의 아이들에게 그걸 가르쳐주길 바란다. 만족스러운 순간을 놓치지 않고 붙들면 그 즐거움이 연장되는 거라는 걸.

불행은 비교급, 행복은 최상급.

나의 친구는 어려운 시간을 보냈다. 지난 일 년 내가 그녀를 위로한 말들을 우연히 프랑스 철학자 알랭의 책에서 발견한다.

철학자 알랭이 말하는 행복의 의미는 웰빙을 위한 행복을 말하는 것이 아니다. 환상과 거짓으로 자신을 속이는 행복을 말하는 것도 아니다. 진실을 대면하는 영리함과 용기에서 나오는 행복을 말한다.

행복은 추구하는 게 아니다. 그건 우리가 이미 가지고 있다. 우리 안에 가지고 있는 게 아니라면 행복은 그저 하나의 단어일 뿐이다. 추론이 아니다. 인생은 그냥 인생 자체로 좋은 것이다. 행복하다는 건 여행, 성공, 부, 기쁨 때문이 아니다. 그냥 행복하므로 행복하다. 인생의 풍미가 행복이다. 딸기에서 딸기 맛이 나듯 인생에서 나는 맛이 행복이다. 햇빛은 아름답고, 비는 달콤하고, 세상의 소음은 음악이다. 보고, 듣고, 냄새 맡고, 맛보고, 만지고, 이것이 일련의 기쁨이다. 슬픔, 고통, 심지어 피로도 인생의 맛이다.

존재한다는 건 그냥 좋은 것이다. 다른 무엇과 비교해서 좋은 것이 아니다. 존재는 허무가 아니라 전부이기 때문이다. 그렇지 않았다면 세상의 모든 생명은 태어나지도 지속하지도 않았으리라. 눈을 즐겁게 하는 색깔을 생각하라. 느끼는 것은 기쁨이다. 우린 삶에 갇힌 죄수가 아니라, 삶을 맛보며 사는 것이다. 보고 만지고 판단하고 세상을 펼치는 것이다. 모든 존재는 아침 보행자 같다. 지평선에 쌓인 모든 것들이 갖는 의미는 바로 내가 원하기 때문이다.

본다는 것은 보고 싶어 하는 것이다. 산다는 것은 살고 싶어 하는 것이다. 모든 삶은 기쁨의 노래다. 사람들은 베토벤이 고통을 극복했다고 말한다. 하지만 살아 있는 다른 존재들도 그 나름의 승리를 쟁취한다. 거지나 개도, 의심할 여지없이.

- 알랭, <노르망디인의 어록Propos d'un normand>

기이한 시대를 지나고 있다. 죽음과 질병, 바이러스만큼 두려움이 사람들의 영혼을 잠식한다. 마스크를 쓰지 않아 혼비백산하는 꿈을 자주 꾼다. 사회적 거리, 물리적인 거리는 개인적이고 심리적인 거리를 만든다.

공원에서 마스크를 쓴 채 아무렇지 않게 뛰어노는 아이들을 보면서 마치 초현실적인 꿈을 꾸는 것 같다. 직응하고, 절망하고, 그 절망에 저항하며 우리는 기다린다.

정기검진을 받으러 간다. 텅 빈 병원은 지구 종말을 주제로 만든 영화 속의 배경 같다. 의사는 코로나 바이러스에 손상된 폐 단층 촬영 이미지를 보여주며 "죽는 사람도 있어요"라고 말했다. 여행에서 돌아와 강도에 털린 집을 보듯, 나도 모르는 사이 폐 속으로 침투한 바이러스의 흔적을 보면서 섬찟한 기분이 든다.

어떤 이는 죽고, 어떤 이는 남겨진다. 거기에는 납득할만한 원칙도 없다. 이제 오르막길이고, 더 나빠질 가능성은 희박하다는 말을 듣고 병원을 나선다. 한 해를 보내면서 병과 불운에 끊임없이 도전받는 부서지기 쉬운 인간에게 '안녕'이라는 선물이 주는 의미를 되새긴다.

　지난 일 년 동안, 나는 태어나서 가장 많은 케이크를 구웠다. 바다로, 산으로, 농장으로, 다른 도시로 여행을 떠났다. 자연과 몽테뉴, 음악, 그리고 사랑하는 존재들로부터 위안을 받았다. 책과 자연은 모든 질문에 답을 주지 않지만 적어도 멍청해지는 늙음의 유혹을 막는다.

　세상을 단맛으로 느끼는 사람이 있고, 쓴맛 위주로 느끼는 사람도 있다. 어린 시절의 자아가 다른 사람으로 변하지 않듯 삶에 대한 미각적 태도는 잘 바뀌지 않는다. 하지만 이 책을 쓰면서 자신에게 던졌던 질문들은 나를 성장하게 했다고 생각한다. 인간은 죽을 때까지 성장하는 존재라고 믿는다.

심연의 바닥을 여행하고 돌아온 기분이 든다. 모든 것이 지나간다. 그리고 또 다른 여정이 시작한다. 모든 길은 한 목적지로 향하고 있다.

이 여행에서 사랑하는 딸을 먼저 보낸 고통을 가슴 안쪽에 묻고 한결같은 미소를 잃지 않는 친구 지나와 영곤, 그들이 나에게 보내준 용기에 고마움과 함께 이 책을 바친다.

지지 않는 하루。

초판 1쇄 발행   2021년 2월 8일
초판 3쇄 발행   2024년 4월 10일

지은이   이화열

펴낸이   한선화
디자인   디자인여름
홍보   김혜진
마케팅   김수진

펴낸곳   앤의서재
출판등록   제2022-000055호
주소   서울 서대문구 연희로 11가길 39, 4층
전화   070-8670-0900
팩스   02-6280-0895
이메일   annesstudyroom@naver.com
인스타그램   @annes.library

ISBN   979-11-90710-14-5   03810